OPIUM

Paru dans Le Livre de Poche :

L'Apiculteur

MAXENCE FERMINE

Opium

ROMAN

ALBIN MICHEL

Pour Julie.

« L'opium agrandit ce qui n'a pas de bornes
Allonge l'illimité
Approfondit le temps, creuse la volupté
Et de plaisirs noirs et mornes
Remplit l'âme au-delà de sa capacité. »

CHARLES BAUDELAIRE,
Les Fleurs du mal

I

La vie de Charles Stowe, aventurier du thé, donne à penser que le hasard est une toile d'araignée dans laquelle le destin vient parfois se prendre.

Charles Stowe avait la passion du commerce et le goût du thé.

La passion du commerce ne s'apprend pas. Le goût du thé s'acquiert au fil du temps.

En 1838, Charles Stowe ne connaissait encore rien à l'opium. Il était de ces gentlemen anglais dont le seul vice est la consommation de cigares et de whisky et la vertu principale une certaine propension à l'honneur et à l'amour du travail bien fait.

La maison Stowe était réputée dans

l'Empire britannique, et Charles, héritier des traditions et des rêves familiaux, décida, à cette époque où voyage et commerce étaient aussi synonymes d'aventure, d'embarquer pour la Chine.

Pour cela, il devait emprunter une route parmi les plus odorantes et les plus périlleuses du monde. Celle qui, partant de Londres, suivait la voie des Indes, continuait jusqu'en Asie et se perdait irrémédiablement dans l'Empire Céleste.

Un périple qu'on nommait la route du thé.

Tout avait commencé une vingtaine d'années plus tôt lorsque son père, Robert Stowe, décida d'exercer la profession de commerçant en thés et épices de la manière la plus licite qui fût. En 1816, il fit l'acquisition d'une boutique à Londres, à quelques pas de la Tamise, et vendit à ses compatriotes, outre profusion de poivre, santal, safran et autres merveilles venues d'Orient, une certaine plante dont la récolte des jeunes pousses séchées puis infusées dans de l'eau chaude donne cette boisson aromatique qu'on appelle le thé. Elle était bien sûr connue depuis des siècles mais c'est seulement à cette époque que son usage s'était fait quotidien.

Le thé devint son violon d'Ingres. Il se plut à en étudier les différentes variétés – issues d'un seul arbuste, le *Camellia Sinensis* –, acheta bientôt tout ce que les navigateurs pouvaient lui rapporter de Chine et des Indes et devint très vite le marchand attitré de la haute société londonienne. Ainsi sa boutique put-elle prétendre à cette enseigne enchanteresse : LES MILLE PARFUMS DU THÉ.

Au début du XIXᵉ siècle, la Chine produisait le meilleur thé au monde et possédait le monopole de ce commerce. On parlait alors des mystères de la route du thé que personne n'avait jamais réussi à explorer.

On disait que jamais on ne parviendrait à pénétrer l'empire du Milieu et à en percer les secrets. On disait aussi que ceux qui avaient emprunté cette route n'en étaient jamais revenus. On racontait mille choses.

Charles Stowe, lui, se taisait, mais il écoutait et comprenait la passion de son père. Et déjà, du haut de ses dix ans, il se voyait cheminant parmi les jardins de Chine, avec à la main un parchemin sur lequel étaient consignés tous les secrets de fabrication des meilleurs thés du monde.

Au fil des années, Robert Stowe révéla à son fils ce qu'il savait de cette boisson étrange. Il voyait que l'enfant était attentif à tout ce qui était relatif au thé de quelque manière que ce soit.

Un matin, alors qu'il n'avait pas encore onze ans, Charles demanda à son père :

— Depuis quand le thé existe-t-il ?

Le commerçant éluda d'abord la question, mais devant la déception de son fils, il précisa :

— Il semble, selon la légende populaire, qu'il soit né il y a très longtemps en Chine. Et d'une façon bien singulière.

— Comment cela ?

– Je vais te le dire. Mais promets-moi de ne le répéter à personne car il s'agit d'un secret.

Charles promit qu'il ne dirait rien car, comme tous les garçons de son âge, il aimait les histoires et les secrets.

– Un jour, il y a plus de quatre mille années de cela, l'empereur Chen Nung voyageait avec son escorte dans une contrée éloignée de son vaste pays. Comme la route était longue et harassante, il demanda à prendre un peu de repos à l'ombre d'arbres qui le protégeraient du soleil. Le convoi s'arrêta et l'empereur s'assit en tailleur sous un arbuste inconnu. Il réclama aussitôt un bol d'eau bouillante car il avait grand soif et ne connaissait que ce breuvage pour se désaltérer. On s'empressa de le lui apporter. C'est alors qu'une feuille tomba dans le bol de l'empereur. Chen Nung but sans s'en rendre compte et un parfum à la fois doux et amer lui emplit la gorge. Intrigué, il inspecta le fond de son bol et y trouva la feuille au parfum si envoûtant.

Le thé venait de naître.

Robert Stowe était intarissable sur les origines des thés et leurs propriétés. Le soir, dans l'arrière-boutique, tandis que les commis rangeaient les nouvelles cargaisons venues d'Orient, il continuait d'initier son fils :

— Vois-tu, Charles, il y a au monde quatre couleurs de thé. Malheureusement, les Anglais ne connaissent que le thé noir, que l'on commence à cultiver dans nos colonies, essentiellement dans la jungle de l'Assam.

Charles écoutait son père avec une attention étonnante.

— Quelles sont les autres couleurs ?

— Le thé bleu, le thé vert et le thé blanc. Ces trois variétés proviennent d'un seul pays : la Chine. Le thé bleu possède un arôme étrange, proche de celui du thé vert. On le cultive dans une région inaccessible aux voyageurs. Le thé vert, d'une saveur parfumée et amère, est cultivé un peu partout en Asie, mais son secret de fabrication reste aux mains des Chinois. Quant au thé blanc, c'est le plus rare et le plus cher de tous. On raconte qu'autrefois de jeunes vierges de l'empire de Chine le récoltaient à l'aide de ciseaux en or et qu'elles le versaient ensuite, accompagné d'une eau d'une grande pureté, dans la tasse de l'empereur. Personne ne sait où se trouvent les jardins sacrés du thé blanc. Ceux qui en ont percé le mystère, dit-on, ont aussitôt été mis à mort.

Le jeune garçon observa un long silence.

– Ainsi, personne ne connaît le secret de fabrication de ces trois thés ?

– Non.

Charles Stowe soutint alors le regard de son père avec la plus grande détermination, puis il dit :

– Je serai cet homme.

Un soir, alors qu'il pleuvait sur Londres, Robert Stowe surprit son fils qui regardait les gouttelettes d'eau glisser lentement sur les carreaux. S'approchant lentement de lui, il lui dit :

– Savais-tu que l'art du thé est une musique d'eau ?

Charles ne comprit pas ce que son père voulait dire.

– Qu'ont à voir l'eau et la musique avec le thé ?

– Réfléchis bien et écoute. D'abord, il y a la musique de la pluie sur les feuilles des théiers, ce léger tremblement comme un tambour de lumière verte frappé par les baguettes d'argent du ciel. Puis il y a la musique de la récolte, accompagnée par la danse des voiles des cueilleuses. Ensuite, il y a la musique d'une source aussi fraîche et pure que possible. Enfin, la musique de l'eau chaude qu'on verse lentement sur les feuilles de thé.

— Pourquoi me dis-tu tout cela ?

— Parce qu'en te voyant rêver je t'imagine, là-bas, sous la pluie de Chine... parmi les jardins de thé.

Robert Stowe posa sa main sur l'épaule de son fils :

— Ce voyage-là, je n'ai jamais pu le faire.

— Je sais. Tu me le répètes souvent. Et il ajouta : Ce voyage, je le ferai pour toi. Je te le jure.

Robert Stowe soupira longuement, puis après un long silence :

— Ne parlons plus de tout cela. Tiens, goûte plutôt ce thé.

Il tendit une tasse au garçon en souriant.

Charles leva les yeux sur son père et but une gorgée du précieux liquide, en laissant lentement les notes résonner au fond de sa gorge.

Dès l'adolescence, Charles Stowe avait pris l'habitude de boire plus de quinze tasses de thé par jour. Cela lui donnait une énergie hors du commun et un penchant précoce pour la méditation. Et surtout, lorsqu'il buvait du thé, il lui semblait respirer le parfum de chacune des femmes qui avaient cueilli, pour lui, ces feuilles étranges à l'arôme doux et amer. Un parfum dont il s'enivrait sans jamais se lasser.

Les années passèrent, l'horizon chargé de rêves de voyages lointains. Charles se rendait souvent au port de Londres, regardant avec envie les marins débarquer leurs cargaisons exotiques et les commis de la maison

Stowe partir négocier dans les comptoirs anglais.

Enfin, en 1838, à l'âge de trente et un ans, poussé par son père et par la promesse qu'il s'était faite enfant, il s'embarqua pour la route du thé.

Un jour d'hiver, il quitta Londres et les quais de la Tamise pour Ceylan, au sud de l'Inde. Il voyagea sur un bateau de commerce qui, pour lui, avait un nom évocateur : il s'appelait l'*Amphitrite*.

La première étape l'emmena à l'autre bout de l'Empire britannique.

Après une traversée de plusieurs mois, au cours de laquelle il lui fallut descendre le long de l'océan Atlantique, contourner l'Afrique par le cap de Bonne-Espérance et remonter lentement l'océan Indien, il parvint enfin dans cette île au climat chaud et humide où tout poussait avec luxuriance. Là, avec l'argent que lui avait confié son père, il rendit visite aux négociants en épices indiens dans le port de Colombo. Il leur acheta piment, poivre, muscade, safran, vanille et clous de girofle qu'il comptait envoyer en Europe. Il pensa aussi se procurer du thé produit localement, mais il y renonça tant il le jugea médiocre.

A un producteur anglais du nom de Taylor, il demanda des précisions sur la qualité du thé ceylanais. L'homme lui répondit :

— Il y a très peu de bons produits, ici. A Ceylan, seul le café pousse bien. Pour trouver le thé que vous cherchez, il faut aller plus loin.

— Où cela, précisément ?

— Dans le nord de l'Inde. On commence à y cultiver de très bons thés noirs.

— Oui, je sais cela, mais ce sont les autres variétés qui m'intéressent.

— De quelles variétés voulez-vous parler ?

— Des thés verts et bleus. Et aussi du plus rare d'entre tous : celui qu'on nomme le thé blanc.

Taylor grimaça.

– Dans ce cas, je ne vois que la Chine. Il y a là-bas de très belles cultures, à ce qu'il paraît. L'*Amphitrite* repart bientôt pour Shanghai. Vous n'avez qu'à poursuivre votre voyage.

Charles Stowe remercia Taylor qui, sans s'en douter, l'avait conforté dans son but : la Chine. Après avoir fait charger sa cargaison d'épices à bord d'un navire qui se rendait à Londres, il attendit encore trois semaines le départ de l'*Amphitrite*. Il profita de ce séjour forcé pour consolider les relations commerciales de la maison Stowe avec la Compagnie des Indes et visiter l'île.

On était en avril et, jusqu'en septembre, la mousson donnerait des pluies diluviennes et des températures élevées dont la terre profiterait comme d'une manne divine. Dans chaque jardin qu'il visita, les feuilles de thé étaient flétries et ne dégageaient aucun parfum particulier.

Il passa encore quelques jours à parcourir l'île, puis il rentra à Colombo.

A cette étape de son périple il avait trouvé l'équilibre qui sied à tout gentleman rêvant d'aventure et de fortune. Car Charles Stowe possédait le rare talent de voyager sans que l'exil provoquât en lui ce trouble si mystérieux qui paralyse les âmes et les contraint à ce sentiment si durable qu'on nomme la nostalgie.

Cependant, s'il se trouvait bien partout, il n'était nulle part chez lui. Et cela ne faisait qu'accentuer son besoin de poursuivre encore et toujours son voyage vers l'impossible.

Après avoir quitté Ceylan, il fit une escale à Singapour et voyagea jusqu'à Hong Kong. Puis il remonta lentement la côte en direction de Shanghai et enfin parvint à destination.

Si nul étranger ne pouvait pénétrer dans l'Empire Céleste, il était toutefois possible de commercer avec cinq grands ports, d'y acheter une quantité infinie de marchandises locales et de les envoyer en Inde afin de les vendre aux Anglais à prix d'or.

En arrivant à Shanghai, Charles Stowe fut surpris par la forêt de mâts qui recouvrait les eaux et par la multitude d'êtres humains qui s'agitaient dans le port.

Il débarqua et s'installa aussitôt dans le quartier anglais de la ville, le seul endroit qui lui était autorisé. Près du port et de ses abords, il croisa nombre de Chinois. Certains couraient, d'autres imploraient le ciel. Toute la ville semblait en proie à une vive folie, et les regards qu'on lui jetait lui paraissaient soupçonneux.

Au consulat britannique où il se rendit pour régulariser son arrivée, il demanda la raison de cette agitation. Un fonctionnaire lui répondit :

– Des bateaux anglais et français ont été arraisonnés par les autorités chinoises et leurs cargaisons ont été brûlées. On parle d'une guerre imminente.

– Et moi qui voulais voyager à l'intérieur du pays !

Le fonctionnaire lui jeta un regard étonné.

– Ce serait du suicide.

Il eut la preuve de la réalité des troubles un peu plus tard, lorsqu'il rencontra, sur sa route, des Chinois qui fuyaient Shanghai. Ils se repliaient à l'intérieur du pays, emmenant avec eux les cercueils de leurs morts.

Le premier jour, Charles Stowe ne réussit pas à acheter une cargaison de thé vert qui semblait d'une qualité exceptionnelle.

Le lendemain, il erra dans le quartier de la ville autorisé aux étrangers. A la capitainerie du port, il trouva un fonctionnaire occupé à comptabiliser un arrivage en provenance du nord du pays. Il s'approcha de lui et lui demanda :

— Puis-je vous acheter du thé ?

Le fonctionnaire le regarda d'un air suspicieux.

— Vous êtes anglais ?

— Oui. De Londres.

— Et vous faites partie du Comité du thé ?

— Non. Pourquoi ? Il faut absolument en faire partie pour négocier avec vous ?

— Disons que cela facilite certaines choses.

— Dites-moi où se trouve ce fameux Comité. Je m'y inscris et je reviens vous acheter du thé.

L'homme semblait intrigué.

— Que vous faut-il ?

— Du thé noir et vert en abondance.

— Je peux vous trouver ça.

— Et aussi un peu de thé blanc.

Le visage du Chinois se ferma aussitôt.

— Apprenez, cher monsieur, que le thé blanc ne s'achète pas. Que vous soyez membre de ce Comité ou non.

— Vous en êtes sûr ?

— Tout à fait certain.

— Mais alors, à qui est-il destiné, ce thé blanc ?

— Il est réservé à l'empereur.

— On m'a dit qu'on pouvait en trouver ici.

— On vous aura mal informé.

— Pourtant je désire m'en procurer à n'importe quel prix.

– Impossible.

Charles, tenace, sortit de son porte-feuille quelques billets et les posa sur la table face à l'employé. Le Chinois leva les yeux et regarda son interlocuteur d'un air offusqué. Ses lèvres bleues à force d'être pincées exprimaient tout le mépris qu'il vouait à cet étranger dont le code de l'honneur ne semblait aucunement s'apparenter au sien.

D'un geste sec, il referma son livre de comptes et se leva de sa chaise.

– Je vous répète, monsieur, que le thé blanc est strictement interdit à la vente. Je suis navré de vous mettre à la porte, mais je suis fort occupé. Adieu.

Il s'en alla la tête haute en direction des entrepôts. Charles Stowe reprit ses billets et tourna les talons.

Lorsqu'il exprima le désir de visiter la ville hors du périmètre qui lui était imparti, il essuya un refus. Il comprit que le fait d'être européen lui fermait toutes les portes. Après bien des recherches, il trouva enfin le Comité du thé et en devint aussitôt membre contre une cotisation dont il s'acquitta sur-le-champ. Il demanda alors à se rendre à l'intérieur du pays afin d'y mener un voyage d'études. On refusa d'accéder à sa requête.

— Vous êtes fou ! lui asséna un employé anglais. Avez-vous idée de ce que coûterait un tel voyage au Comité ?

— Je suis prêt à prendre tous les frais à ma charge.

— Vous rendez-vous compte du danger d'une telle expédition ?

— Je suis prêt à le braver.

— Essayez seulement de quitter cette ville et vous serez tué. Si vous ne possédez pas de laissez-passer officiel, inutile de songer à quitter Shanghai.

— Justement, comment se le procurer ?

L'employé dodelinait de la tête comme un pantin désarticulé.

— C'est absolument impossible. Seul notre directeur possède ce privilège. Et je doute fort qu'il accepte de vous l'octroyer. Au revoir, monsieur.

L'employé s'apprêtait à partir quand Charles Stowe le retint par le bras et le supplia :

— Je vous en prie. Aidez-moi. Dites-moi simplement où je peux le rencontrer. Je ne vous demande rien de plus.

L'homme soupira, puis, la mort dans l'âme, griffonna un nom et une adresse sur un morceau de papier.

– Allez-y de ma part. Après tout, il ne m'en coûte rien. Et cela vous servira de leçon. Monsieur le directeur saura vous dissuader de cette folie.

– Il m'aidera, soyez-en certain.

Charles Stowe serra le papier dans sa main, remercia l'employé et regagna le quartier anglais à pied.

Il croisa sur sa route une chaise à porteurs abritant un haut dignitaire chinois qui portait une tunique de soie et avait le crâne rasé, excepté une natte, à la mode de Shanghai. A la main, il tenait une fleur de thé d'un blanc éclatant.

Le Chinois sourit, fit tournoyer dans sa main la fleur de thé blanc. Et s'éloigna.

Dans son sillage, Charles Stowe huma le parfum de la fleur. Il n'avait jamais rien senti d'aussi merveilleux et d'aussi subtil de toute sa vie.

C'est ainsi que Charles Stowe rencontra Pearle, le directeur du Comité du thé, seul négociant britannique à avoir le privilège de posséder un laissez-passer délivré par les autorités chinoises. Il était irlandais et résidait en Chine depuis trente ans. L'homme possédait un commerce florissant, un œil de verre, une bonne dose d'humour et un penchant pour le whisky.

— Comment avez-vous trouvé mon adresse ?

— Très simplement. En me rendant au Comité du thé et en demandant qui en était le membre le plus influent.

— Décidément, on ne me laissera jamais en paix ! Tout ça parce que personne n'a eu le courage de se présenter le jour de l'élection. Sauf moi ! Quelle mascarade !

— Pourtant cela vous a permis d'obtenir un laissez-passer, non ?

— Foutaises ! C'est grâce à mes relations et à ma vieille amitié avec les Chinois que je l'ai obtenu. Et c'est sans doute pour ça que ces types du Comité m'ont forcé la main. Avec moi, ils savent que la Chine reste un territoire ouvert.

— Intéressant. Vraiment très intéressant, monsieur Pearle.

L'Irlandais fronça soudain les sourcils.

— Je vous trouve bien curieux, jeune homme.

— On le serait à moins. Savez-vous que vous jouissez d'un prestige quasiment divin ? Vous êtes le seul représentant de notre race à pouvoir vous déplacer dans ce vaste pays. Cet apanage est digne d'un empereur.

— Vous vous moquez de moi ?

— Pas le moins du monde.

— Venons-en au fait. Que me voulez-vous ?

Après quelques verres et l'évocation de souvenirs du vieux continent, les deux hommes se tutoyaient et parlaient affaires.

— Combien peux-tu me vendre de caisses de thé vert et noir ? demanda Charles Stowe à Pearle.

— Autant que tu veux.

— Je veux dire le meilleur. Celui qui provient de la première récolte de mars.

L'Irlandais grimaça :

— Malheureusement, je n'en ai plus une caisse. Le premier choix est parti depuis longtemps. Il me reste du troisième ou du quatrième. Et je ne peux pas te faire de rabais. Tous mes clients sont à la même enseigne.

— J'accepte ces conditions si tu m'indiques où il est possible de se procurer du thé blanc.

— Tu plaisantes ?

— Non, je ne crois pas.

— Le commerce du thé blanc est interdit dans ce pays.

— Je sais. On m'a déjà raconté tout cela.

— Et cela ne t'effraie pas ?

— Non, répondit Stowe fermement.

Pearle fit rouler son œil pendant quelques secondes, but une rasade de whisky et dit, en tendant la main :

— Je vais essayer de t'en trouver. Mais tu ne sauras rien de sa provenance.

— Pourquoi ?

— C'est trop dangereux. Je ne peux pas te le dire.

— Je saurai me taire.

Pearle grogna mais ne céda pas.

— Inutile d'insister. Un secret reste un secret. Et, parfois, il est préférable d'en savoir le moins possible.

Stowe finit par s'incliner.

— D'accord, restons-en là. Alors, quand peux-tu me livrer ?

— Dans une semaine. Mais je préfère te prévenir tout de suite. Avec cette rumeur de guerre, les contrôles sur le fleuve sont renforcés. Il va être difficile de passer entre les mailles du filet.

Charles Stowe avait écouté Pearle avec attention et compris que, sans son aide, il ne pourrait se déplacer à l'intérieur du pays. Avec une grimace de dépit, il exposa son but à l'Irlandais :

— J'aimerais tant rapporter du thé blanc, découvrir les secrets de fabrication...

Pearle gronda :

— Laisse ces maudits Chinois et achète plutôt ce que je te propose sans te poser de questions. Celui qui parviendra à pénétrer chez eux et à leur voler leurs secrets n'est pas encore né.

Charles Stowe finit lentement son verre. Par défi, il ne crut pas un mot de ce que Pearle venait de dire. Il attendrait son heure.

Pearle avait commencé sa carrière à Shanghai dans le commerce des épices.

A cette époque, les Hollandais possédaient le monopole sur les épices en provenance d'Asie. Un jour, un nommé Van Petersen, furieux de voir un Irlandais le supplanter sur son propre terrain, entra dans la boutique de Pearle, planta son couteau dans son bureau et lui dit :

— Connaissez-vous un seul commerçant en épices qui ne soit pas hollandais ?

— Oui, moi.

Van Petersen fronça les sourcils.

— Nous avons conclu un accord. Vous possédez le monopole sur la soie, la laque et les autres produits de Chine. Mais la Hollande garde celui du commerce des épices.

— C'est ce que nous allons voir !

— C'est tout vu ! trancha le Hollandais, avant de reprendre son couteau et de s'en aller.

Une semaine plus tard, Pearle et Van Petersen se livrèrent un duel au cours duquel l'Irlandais perdit un œil et le Hollandais la vie. Dans le mois qui suivit, Pearle dut pourtant se rendre à l'évidence : aucun commerçant chinois n'acceptait de lui fournir d'épices de bonne qualité. Amer, il se rendit au consulat britannique pour se plaindre.

— On m'avait promis la fortune en venant ici. Maintenant, je suis ruiné par la faute de ces maudits Hollandais.

Le consul lui dit, tout en buvant un étrange breuvage :

— Que voulez-vous, la politique de l'empire exige que l'on respecte le monopole de chacun !

— Peut-être. Mais les exigences de la politique me privent de ressources primordiales.

— Calmez-vous, monsieur Pearle. Nous allons finir par trouver une solution. Et puis il n'y a pas que les épices. On trouve de tout dans ce pays. Tenez, ceci, par exemple.

Le consul lui servit une tasse que l'Irlandais but à petites gorgées. Il en trouva le parfum exquis, quoique un peu doux pour un homme habitué à ingurgiter du whisky.

— Ah ! C'est donc cela, le thé !

Le consul le regarda avec curiosité.

— Vous voulez dire qu'auparavant vous n'en aviez jamais goûté ?

— Ma foi non, même pas à Londres !

— On n'en boit pas seulement à Londres mais dans le monde entier. On en produit ici même, en Chine. Délicieux, n'est-ce pas ?

Pearle grimaça en finissant sa tasse.

— Pas mauvais. Mais ça ne vaut pas du pur malt.

— Si vous restez en Chine, vous devrez vous y habituer. On ne boit que ça, hormis l'alcool de riz. Et en Angleterre, je puis vous jurer que le thé fait fureur et qu'on en consomme plus que du whisky.

En disant cela, le consul laissa traîner sa voix. Pearle eut soudain une lueur dans le regard.

– Vous venez peut-être de me donner une idée.

Un mois plus tard, Pearle achetait et vendait du thé. Trente ans plus tard, il en était devenu le négociant le plus important de Shanghai.

Au cours de ces années pendant lesquelles transitèrent dans ses entrepôts plusieurs milliers de tonnes de cette denrée précieuse, Pearle n'en but pas une tasse.

Charles Stowe n'était pas un novice en termes de consommation de thé, mais celui que lui fit goûter Pearle, en ce jour d'été, le surprit par sa qualité exceptionnelle.

Les deux hommes étaient assis sur la terrasse de la maison de l'Irlandais qui dominait la mer.

— Je n'ai jamais rien goûté d'aussi bon. Est-ce le thé blanc que je t'ai commandé ? demanda Charles.

— Non, désolé, le thé blanc est introuvable. Celui-là, c'est ma cuvée personnelle. Une variété de thé vert qu'on ne trouve que dans une seule vallée.

— Où est-elle ?

— Je ne peux pas te le dire. Cet endroit est un secret qui vaut de l'or. Il doit rester en ma possession. C'est ce qui fait ma force dans ce commerce.

L'Irlandais n'en dit pas plus.

— Je t'en achète dix caisses, au prix que tu fixeras.

— D'accord. Demain matin, je les ferai livrer sur le bateau avec ce que tu as déjà commandé.

— L'*Amphitrite* reprend la mer dans deux jours. Je dois repartir pour Londres. Je ne sais pas si je reviendrai.

— Bon voyage.

Charles Stowe but lentement le fond de sa tasse. Pearle, lui, sirotait son pur malt en silence.

L'Anglais tourna la tête vers l'horizon. Sous ses yeux, un bateau illuminé passa et disparut bientôt au large comme le soleil se noie dans la mer.

Deux jours plus tard, l'*Amphitrite*
quitta Shanghai pour Londres. Il con-
tenait une importante cargaison de thé
et d'épices, mais il manquait à son bord
un passager.

Le soir même, Charles Stowe se présenta chez l'Irlandais.

— Tu n'es pas parti ? demanda
Pearle.

— Non.

— Et ton père qui t'attend là-bas ?

— Il ne m'attend pas, moi. Il veut sa
cargaison et il l'aura.

Pearle prit le jeune homme par le
bras.

— Pourquoi ? Pourquoi fais-tu ça ?

Charles Stowe respira profondément avant de répondre :

– Tu auras compris que je suis venu en Chine avec une idée derrière la tête.

Pearle ne put s'empêcher de rire :

– Oui. Trouver les jardins sacrés du thé, voler aux Chinois leurs secrets de fabrication... Tu plaisantes, j'espère ?

– Pas le moins du monde.

Le visage de l'Irlandais se figea.

– Je ne te comprends pas, Charles Stowe !

La détermination de l'Anglais se lisait dans ses yeux quand il dit, abrupt :

– Maintenant, il faut que tu me dises ce que tu sais.

Pearle le regarda, abasourdi.

– Ce que je sais ? A propos de quoi ?

– A propos de ce thé. Il doit bien y avoir une raison pour que le thé chinois soit infiniment supérieur à tous les autres.

– Peut-être est-ce simplement une question de savoir-faire...

– Le savoir-faire est un secret.

— Tu as raison. C'est le fruit d'une expérience millénaire.

— Je paierai un bon prix pour le connaître.

Pearle but une rasade de whisky et trancha :

— S'il ne s'agissait que d'argent, il y a longtemps que l'affaire serait résolue. Mais on n'achète pas un tel secret avec de l'argent, on le paie de sa vie.

— Ma vie ne vaut rien sans ce secret.

Pearle, qui s'était repris, se fit mystérieux :

— Si je te mets dans la confidence, nous serons liés l'un à l'autre pour le reste de notre existence.

— Ça ne m'effraie pas. Je peux même signer un contrat avec toi.

L'Irlandais sourit en tapant sur l'épaule de son ami.

— Tu ne comprends pas. Il ne s'agit pas là d'un vulgaire bout de papier. Pour moi, pour tous les gens de ce pays, cela ne veut rien dire.

— Pas de contrat ? Alors que veux-tu ?

— Un pacte mêlé de nos deux sangs. Signé à la pointe d'un couteau.

Pearle sortit une lame du fourreau qu'il portait à la ceinture, s'entailla le poignet et regarda une goutte de sang perler lentement.

— On peut falsifier un morceau de papier, pas un pacte de sang. Alors, es-tu prêt à signer ?

L'Anglais déglutit. Puis il répondit, le regard fixe :

— Je suis prêt.

Il tendit son poignet que Pearle taillada. Ensuite, leurs sangs se mêlèrent et les deux hommes comprirent qu'ils venaient de franchir un cap sans possibilité de retour.

— Très bien, dit Pearle, tu ne pourras plus repartir à Londres. Et tu travailleras pour moi.

— Je suis d'accord. Alors, ce secret ?

L'Irlandais recracha la fumée de son cigare dans les étoiles, se tourna vers l'Anglais et lui dit :

— Le secret s'appelle Lu Chen.

— Qui est Lu Chen ?

— Tu le sauras bien assez tôt.

Puis, en tirant à nouveau sur son cigare, Pearle conclut :

— Demain, nous irons là-bas voir

Wang, l'homme qui travaille pour lui et qui me livre.

— Où ça, là-bas ?

— Au pays du thé.

Le lendemain matin, à l'aube, ils quittèrent Shanghai pour la région de Hwuy-Chow, située à plus de deux cents milles à l'intérieur des terres. Ils voyagèrent à bord d'une jonque, remontant lentement le cours du fleuve Vert. Ils traversèrent de nombreuses villes et passèrent entre les mailles de tous les contrôles militaires de l'empire. Pearle était muni d'un laissez-passer qui semblait lui ouvrir toutes les portes de la Chine.

Les villes avaient des noms étranges, les plus belles étaient Hang-Choo et Yen-Choo. Mais il était interdit de les visiter.

Enfin, après vingt jours de voyage,

ils parvinrent aux abords de Hwuy-Chow. Là, ils s'arrêtèrent dans une auberge où ils prirent une nuit de repos. Ils repartirent au matin. Une chaise à porteurs les mena à travers la ville, et ils arrivèrent devant la boutique d'un marchand.

— C'est ici, dit Pearle.

Ils congédièrent les porteurs et furent aussitôt assaillis par une horde d'enfants. Un homme sortit de la boutique pour les chasser, s'inclina devant eux et dit :

— Suivez-moi. Wang vous attend chez lui.

Ils le suivirent dans les ruelles jusqu'à la sortie de la ville, au pied des montagnes, et découvrirent une demeure si belle qu'elle ressemblait à un temple. Le serviteur s'éclipsa et les deux hommes entrèrent dans un jardin où une fontaine de jade produisait une musique subtile et divine.

Wang était assis sous un arbuste à thé. Il souriait et les accueillit par ces mots consacrés :

— Vous êtes ici, enfin. Je ne vous espérais plus.

Wang était un seigneur. Il avait le crâne rasé, portait une tunique de couleur verte rehaussée de fils d'or et un poignard à la ceinture. A côté de lui, dans leurs habits couverts de poussière, les deux voyageurs semblaient deux fragiles comètes éclaboussées par la splendeur d'une étoile.

Il était habitué à traiter avec l'Irlandais mais c'était la première fois qu'il le voyait accompagné et il se méfiait de ce nouveau venu.

— Vous venez pour acheter du thé ? demanda-t-il aux deux étrangers d'un air suspicieux.

— Oui, répondit Pearle. Ne craignez

rien, monsieur Wang, cet homme travaille pour moi.

Comme le Chinois ne disait rien, il lui montra la cicatrice à son poignet :

— Nous avons conclu un pacte de sang. Vous pouvez avoir toute confiance en lui.

Le visage de Wang se détendit.

— Dans ce cas, bienvenue à vous, monsieur...

— Stowe. Charles Stowe.

Wang toisa l'Anglais et, comme ce dernier ne baissait pas les yeux, ni ne semblait troublé par tant d'opulence et de richesse, il le prit aussitôt en amitié.

— C'est la première fois que vous venez au pays du thé, monsieur Stowe ?

— C'est même la première fois que je viens en Chine.

— Alors il est nécessaire que je vous délivre le premier des trois secrets du thé, dit Wang.

Il frappa dans ses mains et aussitôt un serviteur accourut, portant un plateau d'argent sur lequel étaient disposés trois bols de thé fumant.

Charles Stowe en prit un dans la main, le porta à ses lèvres et trouva le breuvage délicieux.

— Est-ce le thé que vous produisez ? demanda-t-il.

La voix de Wang laissa transparaître du respect, peut-être un peu de crainte :

— Pas moi. Lu Chen. Je me contente simplement de traiter dans mes manufactures le thé qu'il m'apporte de ces montagnes.

Le Chinois fit un geste qui englobait l'horizon autour de lui. Puis il ajouta avec un sourire qui en disait long :

— Et encore, il existe de meilleurs thés. Mais l'eau qui a servi pour celui-ci est la plus pure de tout l'empire.

Il se leva et se dirigea vers la fontaine de jade. Il y puisa un gobelet d'eau et le tendit à Charles Stowe qui en but une gorgée et la trouva d'une grande pureté. Il regarda la fontaine et demanda :

— D'où provient cette eau ?

— D'une source de ces montagnes. Là où vit Lu Chen.

Wang énonça alors :

– Voici le premier secret : sans l'excellence de l'eau, il n'y a pas d'excellence du thé.

Le lendemain, à l'aube, ils quittèrent la demeure de Wang pour s'enfoncer dans les montagnes. Ils marchèrent longtemps sur des chemins rendus impraticables par l'abondance des pluies. Ils traversèrent à gué deux rivières. Wang les guidait sans l'ombre d'une hésitation. A sa ceinture, son poignard battait son flanc à la mesure de ses pas.

Enfin ils parvinrent dans une vallée encaissée où chaque montagne était recouverte de cultures de thé.

— La vallée sacrée, dit Wang. La vallée sacrée du thé.

— Pourquoi précisément ici ? demanda l'Anglais.

– Parce que c'est la plus préservée et la plus humide de toutes. Elle est protégée des vents et des tempêtes, il y pleut souvent et, quand la pluie fait défaut, brumes et brouillards la remplacent.

– L'eau.

– Oui. L'eau. Le premier secret du thé.

Charles Stowe était heureux : il était au royaume du thé. Il y avait dans ces montagnes les plus belles cultures au monde et, sans doute, les plus rares. Partout les feuilles de *Camellia Sinensis* recouvraient la terre. C'était un immense océan aux vagues soyeuses et belles, une mer d'un vert éclatant dont on ne récoltait que l'écume. Ivre de joie, il nageait dans ces flots avec béatitude.

Il marcha longtemps dans ce paradis et il comprit qu'il n'avait jamais rien vu de plus beau.

Les cueilleuses de thé, fidèles à la légende que son père lui avait racontée, ramassaient les jeunes pousses avec une dextérité étonnante. Mais il n'y avait pas de ciseaux d'or. Il n'y avait pas d'empereur.

Il n'y avait que lui, Charles Stowe, et, pour un jour, il était devenu le roi du thé.

Les trois hommes marchèrent
jusqu'au centre de la vallée dans un
silence religieux. Il y avait là une
manufacture où travaillaient de nombreuses femmes.

Un gardien armé les vit s'approcher
et s'inclina devant eux. Wang le salua
et se tourna vers les deux étrangers.

– Voilà, c'est ici que l'on produit le
meilleur thé du monde. Voici le lieu
où arrive et est ensuite traité, selon des
rites ancestraux, tout le thé que récol-
tent les employés de Lu Chen. Maintenant, vous n'avez plus qu'à ouvrir les
yeux et à contempler.

Charles Stowe découvrit un tapis
de feuilles qui séchaient au soleil. Et

des centaines de femmes agenouillées triant inlassablement celles qui allaient devenir du thé. Il assista à ce spectacle magique et pourtant réel, en proie à une émotion violente. Une mer d'émeraudes où des poissons d'or et d'argent évoluaient en silence.

Ces variétés de thés avaient des noms aussi troublants que poétiques.

– *Pi Lo Chun* et *Lung Ching*, précisa Wang.

– *Spirale de jade du printemps* et *Puits du dragon*, traduisit Pearle.

En se promenant dans la manufacture de Wang, Charles Stowe découvrit un endroit singulier où étaient traitées des feuilles d'une qualité exceptionnelle. Il prit dans sa main quelques spécimens, les fit craquer et en huma l'arôme. C'était un étourdissement, un enchantement.

Wang l'imita. Puis il se tourna vers lui et dit :

– Le deuxième secret, le voici : sans l'excellence de la préparation des feuilles, il n'y a pas d'excellence du thé.

Un peu plus tard, Wang leur dit :

— Je dois vous laisser. Les affaires m'appellent. Je vous retrouverai ce soir, au dîner.

Puis il s'éclipsa, laissant un de ses hommes à leur disposition. Les deux Britanniques le regardèrent partir en silence. Lorsqu'il eut disparu de leur champ de vision, Charles Stowe se tourna vers Pearle et lui demanda :

— Est-ce cela que tu voulais me faire partager ?

Pearle le regarda et murmura, comme s'il s'agissait là d'un aveu :

— Oui. Mais tu as simplement découvert la partie émergée. Ici, Wang traite le thé. Mais il ne le cultive pas.

Et, hormis cette manufacture, rien ne lui appartient.

– Mais pourtant cette vallée...

– Cette vallée n'est rien. Ce n'est que l'entrée du royaume de Lu Chen. Au-delà de ces montagnes, il y a de quoi étancher la soif du monde entier.

Il fit un geste vers l'horizon.

– C'est là-bas que vit Lu Chen, le véritable maître du thé. Mais il est absolument impossible de le rencontrer.

– Pourquoi ?

– Comme tous les puissants, il a besoin de se forger une carapace pour se protéger des dangers qui le menacent. Et la meilleure des protections n'est-elle pas l'invisibilité ?

– Ainsi tu ne l'as jamais vu ?

– Non. On raconte qu'il est si mystérieux que personne n'a jamais vu son visage.

Charles Stowe, troublé par ce que Pearle venait de lui dire, réfléchit longuement.

– Pas même Wang ?

L'Irlandais fit non de la tête.

– Mais pourquoi ?

– Ceux qui ont eu ce privilège ont tous eu la tête tranchée.

Charles Stowe frémit.

Le soir, il se mit à pleuvoir. Les femmes regagnèrent Hwuy-Chow en file indienne, comme un long serpent de couleur glissant dans un feuillage éclatant.

Les deux hommes restèrent longtemps dans la manufacture à choisir les meilleures feuilles. Puis, sans rien dire, immobiles, ils contemplèrent l'incendie vert du thé qui s'éteignait au crépuscule.

Au dîner, chez Wang, il y eut une grande fête en l'honneur des deux étrangers. On servit cinquante plats différents sur des plateaux d'argent et du thé en quantité suffisante pour alimenter tous les fleuves de Chine.

Wang était un homme riche et puissant. Et personne, autour de lui, ne semblait l'ignorer.

Après le repas, il frappa dans ses mains et aussitôt apparurent vingt femmes apportant, pour chacun des convives, une serviette chaude et parfumée.

Ensuite il y eut un orchestre et l'on but une liqueur blanche et épicée qui laissait dans la gorge comme un goût de feu.

Charles Stowe ne s'occupait plus ni de Wang ni de Pearle. Assis en tailleur, il n'avait d'yeux que pour une inconnue qui venait de faire son apparition. C'était une Chinoise. Elle avait de longs cheveux noirs et des yeux en amande d'un vert profond. Et elle dansait.

L'Anglais resta longtemps à la contempler, en silence, détaillant chacun de ses gestes. C'était comme assister à un spectacle qu'on voit pour la première et dernière fois de sa vie.

A la fin de la danse, Charles Stowe s'approcha de la danseuse et lui tendit un verre de liqueur. Elle sourit et accepta. C'était une femme dont la beauté et l'éclat étaient si resplendissants qu'elle gardait sur la peau comme une trace d'or et de lumière enfantine.

— Qui est cette femme ? demanda Stowe à Pearle.

L'Irlandais regarda son compagnon bien dans les yeux et lui dit :

— Demande à Wang.

A ce moment précis, Wang s'approcha d'eux et leur confia :

– Je vous présente celle qui fut la
femme de Lu Chen.

Après le départ des danseuses les agapes reprirent et continuèrent jusque fort tard dans la nuit. Cependant, depuis le départ de cette Chinoise aux yeux verts, l'Anglais faisait peu de cas de la fête donnée en son honneur. Après le dessert, où l'on servit en guise de rafraîchissement dix corbeilles de fruits auxquels il ne toucha pas, il demanda la permission de se retirer.

– C'était une réception merveilleuse. Je m'en souviendrai tout au long de mon existence, dit-il à Wang en le saluant.

Le Chinois le remercia et lui souhaita une nuit parsemée de rêves et parfumée de jasmin.

Pearle ne suivit pas son compagnon.

– Tu comprends, on va encore servir des alcools. Bonne nuit, Charles.

– Bonne nuit à toi, Pearle.

Et il regagna ses appartements.

Cette nuit-là, Charles Stowe ne put fermer l'œil. Il avait devant les yeux l'image de cette femme exécutant une danse aux gestes lents et mesurés. C'était comme trouver à la devanture d'un antiquaire un automate qui tourne sans cesse sur une ritournelle. Et se dire que, cet objet suranné au charme envoûtant, on l'avait longtemps désiré sans jamais l'avoir réellement cherché.

Le lendemain, les deux hommes quittèrent la demeure de Wang pour retourner sur les bords du fleuve Vert où Pearle reprendrait le bateau pour Shanghai.

Wang ouvrait la marche, suivi de dix coolies portant sur leurs épaules des caisses de thé d'un poids égal au leur. Pearle et Stowe, pourtant aguerris, avaient bien du mal à suivre ces hommes sur des sentiers boueux et glissants.

A un moment, l'Irlandais se retourna vers son compagnon et lui confia :

— Le plus important, vois-tu, c'est de surveiller les coolies afin de s'assurer qu'ils ne posent jamais les caisses sur le sol. La terre, au bord du fleuve, est si humide que la cargaison s'en trouverait altérée en un rien de temps.

– Comment font-ils pour se reposer ?

– Ils se laissent aller contre un arbre.

– Et s'il n'y a pas d'arbres ?

– Ils s'allongent sur le sol, la caisse de thé posée sur leur poitrine.

Charles Stowe réfléchit un instant et demanda à Pearle :

– Est-ce le troisième secret du thé ?

L'Irlandais se mit à rire.

– Non. Le troisième secret reste inaccessible.

En fait Charles Stowe croyait avoir deviné où trouver le troisième secret, mais avant qu'il puisse ouvrir la bouche, Pearle, subodorant la question qui allait lui être posée, lui dit :

– Quant à aller rencontrer Lu Chen, inutile de le demander à Wang, il ne t'y emmènera pas.

Ils marchèrent ainsi jusqu'à atteindre le fleuve. Avant de monter à bord de la jonque qui l'attendait, Pearle posa sa main sur l'épaule de l'Anglais et lui souffla :

— Tu es toujours décidé à rester ?

— Oui.

— Alors, bon séjour à Hwuy-Chow. Wang t'aidera à choisir les meilleurs thés à la manufacture. Ensuite, quand la marchandise sera prête, tu me l'apporteras à Shanghai. Tiens, voici le laissez-passer qui t'ouvrira toutes les portes de la Chine.

Il lui tendit un document recouvert de caractères singuliers.

Pearle embarqua et la jonque quitta aussitôt la rive. Wang cria dans ses mains en porte-voix :

— Ne vous en faites pas. Votre ami est ici en sécurité.

Pearle fit un signe de la tête pour approuver, agita la main, puis disparut, avalé par les eaux du fleuve.

Charles Stowe se retrouva seul sur les rives d'un pays qu'il ne connaissait pas et il se sentit un peu perdu. Il se retourna et vit Wang qui le regardait.

— Maintenant, monsieur Stowe, vous êtes mon hôte. Et tout ce que je vais vous faire découvrir, vous ne pourrez plus l'oublier.

Charles Stowe resta travailler chez
Wang. Ce fut un séjour paisible.

Le matin, il se levait avec le soleil et
se nourrissait de fruits étranges sur une
terrasse ombragée où poussaient des
plantes dont le parfum venait lui trou-
bler les sens. Ensuite, il se rendait à la
manufacture et choisissait, avec un
soin infini, les feuilles de thé qu'il
enverrait à Pearle. Le soir, il retournait
chez Wang où l'attendait un dîner dans
une salle si richement décorée que, la
première fois qu'il y entra, il se crut
dans un palais.

Enfin, avant de se coucher, il rédi-
geait dans son journal quelques lignes

et consignait également les rudiments de chinois appris le jour même.

Stowe pensait qu'il ne reverrait jamais plus cette femme qu'on disait avoir été l'épouse de Lu Chen. Jusqu'à ce qu'il se décide à en parler à Wang.

C'était un soir, après le dîner. Dans le ciel il y avait une pluie d'étoiles, et un lourd silence pesait sur les deux hommes.

— Où puis-je la rencontrer ?

Wang regarda Stowe comme s'il le voyait pour la première fois.

— Cette danseuse qui fut la femme de Lu Chen, où est-elle ?

— En ville, à Hwuy-Chow. Mais vous ne pouvez raisonnablement pas aller là-bas.

— Pourquoi ? Je ne cours aucun danger, il me semble. Et personne ne peut m'empêcher de revoir cette femme. Ni même d'aller voir Lu Chen.

Le Chinois sursauta. Puis, le visage fermé, il répondit :

— Détrompez-vous. Toute la Chine est un danger lorsqu'on est étranger.

Puis, après quelques secondes :

— Mais, bien sûr, vous êtes libre de faire ce que bon vous semble.

Un matin, alors qu'il puisait de l'eau à la fontaine de jade, Charles Stowe vit Wang s'approcher de lui :

— Vous désirez vraiment tout savoir sur le thé ?

Charles Stowe répondit qu'il le désirait plus que tout au monde.

— Alors il vous faut trouver le troisième secret.

Comme l'Anglais restait de marbre, Wang l'interrogea :

— Avez-vous deviné ?

— Je crois bien.

— Je vous écoute, monsieur Stowe.

Il y eut un long silence, puis l'Anglais donna la réponse tant attendue :

— Le troisième secret du thé, c'est Lu Chen, n'est-ce pas ?

Le visage du Chinois s'illumina soudain.

— Je vois que vous avez trouvé.

— Ce n'était pas très difficile.

— Vous avez raison. Sans Lu Chen, il n'y a pas d'excellence du thé.

— Que savez-vous de lui, vous qui n'avez pas même vu son visage ?

— Assez pour respecter cet homme et continuer à travailler pour lui le restant de ma vie.

— Il vous fait peur. Il vous fait tous peur. Pourquoi tremblez-vous devant lui ?

— Regardez-moi, monsieur Stowe. Je ne tremble pas.

L'Anglais s'inclina. Wang avait réponse à tout.

— Qui est-il ? Qui est-il vraiment ? Son visage est-il beau à se pâmer ou bien d'une laideur effrayante ? Et pourquoi se cache-t-il aux yeux de tous ? Pourquoi ?

— Vous tenez vraiment à le savoir ?

Une ombre passa sur le visage de Stowe, qui parut prendre une décision.

– Oui.

– Cette femme, qui fut celle de Lu Chen, elle pourra peut-être vous aider. Et puis...

Il lui tendit une carte de visite sur laquelle était inscrite une adresse, en chinois et en anglais.

– ... cette carte, c'est elle qui me l'a remise. Pour vous.

Charles Stowe quitta la demeure de Wang, gagna la ville et se rendit à l'adresse indiquée sur le carton. C'était dans l'artère la plus commerçante et la plus populaire de Hwuy-Chow. Une grande maison aux volets verts. Fermés. Il frappa à une lourde porte de bois. Une domestique se présenta à lui en souriant. Sans un mot, il lui remit la carte de visite. Le visage de la domestique s'éclaira.

— Venez ! Venez ! dit-elle.

Elle s'exprimait en anglais, avec une pointe d'accent qui la rendait charmante. Il la suivit dans un couloir dont les murs étaient couverts de petits miroirs aux formes oblongues. Au bout, une porte d'acajou.

– C'est ici. Entrez, elle vous attend.

Elle frappa à la porte et s'éclipsa. Charles Stowe entra dans la pièce. Un salon feutré envahi d'une multitude d'objets et de plantes. Pas de clarté, hormis quelques rais de lumière filtrant des persiennes closes. Deux fauteuils, une table basse sur laquelle était disposé un service à thé en argent ciselé, quelques tableaux aux murs. Et partout une odeur d'encens. Il s'avança lentement et attendit.

– Vous souhaitiez me voir ?

Il fit volte-face et découvrit, dans le coin le plus sombre de la pièce, une femme allongée sur un divan drapé de soie. Il ne pouvait rien voir de son visage, excepté sa bouche aussi rouge qu'un fruit. Elle fit jouer les persiennes et la lumière inonda la pièce. Il découvrit alors cette femme, aussi belle et mystérieuse que la première fois. Elle était simplement vêtue d'une tunique de soie verte. Elle avait de longs cheveux noirs. D'immenses yeux verts.

Et elle fumait une pipe d'opium.

— Wang m'a donné votre carte de visite et m'a dit que vous désiriez me voir.

La femme fit un signe du menton en direction d'un fauteuil.

— Asseyez-vous, je vous en prie.

Elle se leva délicatement du divan, posa sa pipe dans un cendrier et vint s'asseoir dans le siège en face de lui.

— Du thé ?

— Je veux bien.

Elle versa de l'eau bouillante dans une tasse d'argent sur laquelle était représenté un oiseau et laissa infuser le thé. Puis elle la lui tendit en esquissant un sourire :

– Je sais que vous vous appelez Charles Stowe.

L'Anglais s'inclina.

– Puis-je vous demander votre nom ?

Elle hésita, puis finit par avouer :

– Mon nom est Loan.

Charles Stowe était médusé devant la beauté de cette femme. Il aimait jusqu'à la musique de son nom. Et chaque expression de son visage le rapprochait sensiblement de l'amour et de la souffrance de l'amour.

– Vous êtes danseuse ?

Elle se mit à rire en levant les yeux au ciel.

– Non, Dieu m'en préserve. Je ne fais pas ça pour gagner ma vie mais pour le simple plaisir de voir les hommes tomber amoureux de moi.

– C'est un jeu auquel vous excellez. Vous êtes d'une beauté incomparable. J'ai été sous le charme dès le début de notre rencontre. Et depuis, je n'ai cessé de penser à vous.

– Je n'en suis pas surprise.

Loan, qui avait repris sa pipe, tira une bouffée d'opium et poursuivit :

— Je suis la plus belle si je vous dis la vérité ou la plus laide si je vous mens.

Charles Stowe resta interloqué.

Elle rit, se servit une tasse de thé et changea de sujet de conversation.

— Comment va Pearle ?

Cette question n'étonna pas Charles Stowe.

— Bien, je suppose.

— Vous ne le connaissez pas depuis longtemps, n'est-ce pas ?

Elle avait dit cela d'un ton qui n'appelait pas de réponse. Elle porta la tasse à ses lèvres tout en le regardant.

— Qu'êtes-vous venu faire ici, en Chine ?

— Je suis venu pour le goût du thé.

Elle sourit.

— Tous les hommes disent venir ici pour le thé, mais en vérité ils viennent pour l'amour et l'argent.

L'Anglais ne répondit rien.

— Je parie que vous êtes comme les autres. Vous achetez et vendez du thé, mais vous consommez des femmes et de l'alcool.

– Cela m'arrive. Mais j'aime le thé. Vraiment... Et je crois que je commence à vous aimer, aussi.

Elle le regarda un instant, puis elle posa la tasse sur la table basse, se leva et s'approcha de Charles Stowe en silence. Elle s'assit sur le rebord du fauteuil, ses yeux verts toujours plongés dans les siens, posa sa main sur son visage et fit courir son index de la ligne de ses sourcils à la commissure de ses lèvres. Elle pencha alors sa tête vers lui et l'embrassa.

Dans ce mouvement, sa tunique glissa le long de son épaule, découvrant une partie de son dos. Il vit alors qu'elle portait, à l'épaule, une fleur d'opium tatouée.

Charles Stowe n'avait jamais vu de femme tatouée. Il trouva cette caractéristique singulière teintée d'un érotisme troublant et, lorsqu'elle détacha ses lèvres des siennes, il ne put s'empêcher de l'interroger :

– Que représente ce tatouage ?

– Une fleur de pavot blanc.

Il la regarda sans rien dire.

– Vous n'avez jamais goûté à l'opium ? demanda-t-elle.

Il lui fit signe que non.

– L'opium, c'est très doux et terrible à la fois. Un peu comme l'amour.

Elle l'embrassa encore et poursuivit :

— Une fois qu'on y a pris goût, il est difficile de s'en défaire.

Elle leva la tête.

— Ce tatouage, je ne l'ai pas choisi. L'opium, c'est un amour qu'on ne choisit pas.

Stowe demanda :

— Qui est Lu Chen ?

Elle le regarda avec détresse.

— C'est pour ça que vous êtes venu ?

— Non. Je suis venu pour vous. Mais j'ai besoin de savoir qui est cet homme qui fut votre époux.

Elle ramena une mèche de ses cheveux derrière son oreille et dit :

— Lu Chen est l'homme à qui je dois... cette fleur d'opium. Je l'ai quitté, c'est vrai. Mais il est toujours mon époux. Et il ne cessera jamais de l'être.

— Je ne comprends pas.

— En Chine, une femme peut être répudiée. Mais un homme, non. C'est la loi et nul ne peut y déroger. Lu Chen est un seigneur. Et on ne quitte pas un seigneur comme cela.

— Wang aussi est un seigneur. Il peut vous prendre sous sa coupe.

Elle le regarda et se mit à rire :

– Non, Wang n'est rien à côté de Lu Chen. Lu Chen est une puissance supérieure. Rien ni personne ne lui résiste. Il oscille sans cesse entre ténèbres et lumière. Entre beauté et laideur.

– Comment l'avez-vous connu ?

Elle sembla hésiter un instant puis :

– J'étais une enfant et Lu Chen était déjà le maître du thé. Mon père travaillait pour lui et à sa mort Lu Chen m'a apporté sa protection. Pendant de longues années, je n'ai jamais eu à me plaindre de lui et je le voyais très peu. Il descendait et remontait inlassablement le fleuve Vert, tel un roi quadrillant son royaume. C'était un homme d'une telle prestance, d'une telle force que tous tremblaient à la simple évocation de son nom. Il savait être généreux avec ses hommes lorsque ceux-ci avaient fait montre d'un courage extrême ou bien cruel et impitoyable lorsque l'un d'eux avait commis la plus petite faute. Tantôt il vous couvrait d'or, tantôt il vous tranchait la tête. En vérité, je crois qu'il se voulait l'égal d'un dieu !

— Et il l'était pour vous, n'est-ce pas ?

— Oui. Jusqu'au jour où j'ai compris qu'il me destinait à être sa femme. Et qu'il préparait notre mariage.

Elle se mit à trembler et se tut soudain.

— Que s'est-il passé, ce jour-là ?

— J'ai pleuré. Mais je n'ai rien pu faire. Les noces ont eu lieu. Une fête grandiose. J'ai été l'épouse de Lu Chen. Un an seulement. Le lendemain de notre anniversaire de mariage, je me suis enfuie. J'ai quitté les montagnes pour me réfugier ici, à Hwuy-Chow.

— Comment a-t-il réagi ?

— C'était la première fois que quelqu'un osait lui refuser quelque chose. Cela l'a rendu fou. Depuis, je suis en danger. Je sais qu'il viendra bientôt me chercher.

Charles Stowe était sur le point d'ouvrir la bouche lorsqu'elle l'en empêcha :

— Bien sûr, s'il mourait, je serais délivrée. Mais personne ne peut tuer Lu Chen. Personne !

— Il n'est tout de même pas invincible.

— Si. Il l'est. Parce qu'on ne l'a jamais vu.

— Mais vous, vous pourriez le reconnaître et...

Loan baissa les yeux et dit dans un souffle :

— Détrompez-vous. Je n'ai jamais vu son visage !

Incrédule, Charles Stowe balbutia :

— Comment est-ce possible ?...

— C'est ainsi. Il ne se présentait à moi que le visage recouvert d'un voile. La nuit, il rejoignait ma couche dans le noir et repartait avant l'aube.

— Incroyable !

Elle posa son doigt sur sa bouche :

— Je vous en ai trop dit. Maintenant, je vous en prie, allez-vous-en.

Mille questions lui brûlaient les lèvres, pourtant, il n'en posa qu'une seule :

— Quand vous reverrai-je ?

Charles Stowe retourna chez Wang. Le Chinois l'attendait, assis en tailleur sur une natte.

— Vous a-t-elle dévoilé son nom ?

— Elle m'a dit s'appeler Loan.

— Elle a aussi un autre nom.

— Quel est-il ?

— Je ne peux vous le dire. C'est un nom qui ne se prononce pas, en Chine. Faisons comme si elle s'appelait Loan. Que vouliez-vous me demander ?

L'Anglais oublia ce nouveau mystère et dit :

— Cette femme, c'est vous qui la protégez de la fureur de Lu Chen, n'est-ce pas ?

Wang eut un sourire.

— Non. Je ne peux rien contre la fureur d'un tel homme. Lorsqu'il m'en donnera l'ordre, je la renverrai auprès de lui. Mais je crois qu'il attend qu'elle revienne de son plein gré. Cela lui éviterait de perdre la face devant moi. Et elle finira par obtempérer, j'en suis certain.

— Et ce tatouage, cette fleur d'opium, qu'est-ce que cela représente, au juste ?

Wang ne répondit pas tout de suite. Il prit d'abord une tasse de porcelaine sur laquelle était peint un dragon vert puis, s'emparant d'une bouilloire, il versa lentement dans la tasse un thé rare et délicat en écoutant la musique de l'eau et dit :

— Cela signifie qu'elle appartient à Lu Chen. Beau tatouage, n'est-ce pas ? Que diriez-vous d'en porter un semblable ?

Charles Stowe se mit à trembler. Puis il se reprit, saisit la tasse de thé que lui tendait Wang, but une gorgée et répondit :

— Je suis venu pour le goût du thé. Pas pour devenir la propriété de qui que ce soit.

Wang resta impassible un long moment. Puis il se leva, se tourna, fit glisser sa tunique et montra son épaule sur laquelle était dessiné le même tatouage que celui de Loan.

— C'est ce que je disais moi aussi, avant de travailler pour Lu Chen.

Charles Stowe ne parla plus de
Loan à Wang, ni même du mystère
qui entourait cet homme inquié-
tant qu'était Lu Chen. Le Chinois lui
aussi resta muet. C'était comme un
accord tacite, un secret partagé, une
brûlure qu'on ne ressent plus, mais
dont le souvenir reste inscrit sur la
peau.

Or, un soir, alors que l'Anglais restait songeur devant la fontaine de jade,
Wang s'adressa à lui en ces termes :

— Ne pensez plus à Loan.

Stowe leva les yeux et demanda :

— Comment avez-vous deviné que
je pensais précisément à elle ?

Le Chinois sourit.

— Votre visage se lit comme un livre.

Le corps de Charles Stowe fut parcouru d'un frisson aussi imperceptible que le mouvement des feuilles des arbres à thé dans le vent du matin.

— Je dois rencontrer Lu Chen.

— Pourquoi ?

— Je désire épouser cette femme.

— Mais pour cela vous devrez abattre votre ennemi, le savez-vous ?

— Oui.

Silence.

— Rien ne vous en empêche. Toutefois, il vous faudra arriver jusqu'à lui.

Le lendemain, Wang vint réveiller l'Anglais aux premiers rayons du soleil.

– Levez-vous. Il est temps de partir.

En retrouvant Wang sur la terrasse, Charles Stowe demanda :

– Où allons-nous ?

– Mais à la manufacture. N'oubliez pas que vous êtes ici pour le goût du thé.

Les deux hommes prirent le chemin de la manufacture où ils travaillèrent toute la journée. Wang lui apprit à observer les différents stades de maturation des feuilles. Stowe, comme à son habitude, écoutait en silence, notant mentalement ce qu'il consignerait plus tard sur son journal.

Lorsqu'il fallut rapporter la cargaison en ville, les hommes de Wang chargèrent sur leurs épaules les caisses de thé. Comme il pleuvait abondamment et que les coolies avançaient à pas mesurés sur le sentier boueux, le voyage prit beaucoup de temps et l'Anglais eut le loisir de flâner en chemin. Il s'en écarta plusieurs fois, curieux de chaque espèce d'arbuste qu'il trouvait sur sa route. Lorsqu'il regagna le groupe, Wang l'attendait. Il se tenait au milieu du chemin et son regard était empli de colère.

– Où étiez-vous ?

– Par là.

Il fit un signe assez vague pour désigner quelque endroit perdu derrière le rideau des arbres.

– Ne vous éloignez plus. Vous pourriez être tué.

Charles Stowe fronça les sourcils. A aucun moment il ne s'était senti en danger.

– N'oubliez pas que vous êtes anglais et que vous êtes ici en Chine.

Une heure plus tard, ils arrivèrent en ville et Wang demanda :

– Désirez-vous échanger ce thé vert contre du thé bleu ?

Stowe le regarda, intrigué. Il n'en avait pas espéré autant.

– Pourquoi pas ? dit-il avec ingénuité.

– Suivez-moi.

Ils se dirigèrent vers la boutique d'un commerçant. Là, ils furent reçus par un homme qui semblait informé de leur venue. Cet homme les conduisit dans une arrière-cour où des femmes penchées sur des cuves remuaient d'énormes brassées de feuilles d'un bleu profond. Partout dans la boutique, il y avait du thé de cette belle couleur. Charles Stowe en prit dix caisses.

Lors du retour chez Wang, il demanda à ce dernier :

– Quel est le secret du thé bleu ? Et pourquoi le trouve-t-on en Chine, et pas ailleurs ?

Le Chinois le regarda et dit en riant :

– C'est simplement du thé vert avec un peu de poudre de gypse. C'est cela qui le rend bleu.

Charles Stowe comprit alors la supercherie et aussi la ruse des Chinois. Ce thé se vendait une véritable fortune à Londres, or il ne valait pas plus qu'un autre.

Wang ajouta avec perfidie :

– Les Chinois ne boivent jamais de thé bleu. Il est juste bon pour les Anglais !

Le lendemain, les deux hommes retournèrent à la manufacture où Wang fit goûter à son hôte le thé noir que l'on y produisait. Ce thé parut à Charles Stowe encore plus parfumé que ceux qu'il avait pu goûter ailleurs.

Là encore, il fut émerveillé. Lu Chen, où qu'il se trouvât, était le seigneur du thé et personne n'aurait pu rivaliser avec la qualité de sa production. Charles Stowe acheta du thé noir en grande quantité, puis les deux hommes reprirent le chemin de la maison.

En longeant le fleuve, ils croisèrent une jonque de fumeurs d'opium. La nuit était sur le point de tomber et le ciel était déjà étoilé. La jonque passa à côté d'eux, silencieuse, illuminée par deux flambeaux. Charles Stowe aperçut quelques hommes tirant sur de longues pipes, allongés sur le dos. Leurs joues étaient creuses et leur regard embrumé. Ils semblaient évoluer dans un brouillard indescriptible comme des êtres que toute âme a désertés.

L'idée de délivrer Loan ne quittait pas Charles Stowe. Un jour, il demanda avec insistance à Wang où se trouvait Lu Chen. Le visage du Chinois resta de marbre.

— Lu Chen est quelqu'un qu'on ne rencontre pas. Je ne peux raisonnablement vous emmener là-bas.

— Je croyais que rien ne vous était interdit.

— Si. Il est formellement interdit de déplaire à Lu Chen. Et la moitié des jardins de thé de la Chine sont sa propriété.

— A qui appartient l'autre moitié ?

— A l'empereur.

Wang s'assit en tailleur sur une

natte et invita l'Anglais à faire de même. Puis il ajouta :

— Ne parlons plus de cela.

Il frappa dans ses mains et aussitôt un serviteur apparut portant un plateau sur lequel étaient disposées une bouilloire emplie de thé et sept tasses de porcelaine aux motifs différents. Wang choisit pour lui-même une tasse sur laquelle était peinte une fleur d'opium et pour l'Anglais une avec le dessin d'une femme nue. Il versa le thé et lui tendit la tasse en silence. Charles Stowe but lentement, en regardant à la fois cette femme nue et cet homme dont la puissance lui paraissait désormais insignifiante.

— Quel genre de service vous demande Lu Chen en contrepartie de ce thé, monsieur Wang ?

La question tomba comme un couperet. Et la réponse de même.

— Cela ne vous regarde pas.

— Même s'il s'agit de quelque chose d'interdit ?

Le regard du Chinois s'embrasa. Ses yeux étaient chargés de haine.

— Vous feriez mieux de retourner à Shanghai. Pearle doit vous y attendre.

Puis il se leva et quitta la pièce sans un mot ni un geste de colère. Charles Stowe resta longtemps sans bouger, ni même ressentir un quelconque regret.

Ensuite, il lui fut facile de contempler la femme nue sur la tasse de porcelaine, de boire lentement le thé encore chaud et de comprendre qu'il venait de se faire un ennemi.

Au dîner Wang ne reparut pas. Il demeura invisible comme ce Lu Chen que personne n'avait jamais vu.

Charles Stowe dormit mal cette nuit-là. Il resta longtemps étendu sur sa couche à regarder les étoiles par la fenêtre, tout en sachant que, sous cet angle précis, il les voyait sans doute pour la dernière fois.

Lorsque enfin il parvint à s'endormir, son sommeil fut troublé par un rêve : un rêve dans lequel il voguait sur une jonque en compagnie de fantômes fumeurs d'opium et d'un homme sans visage.

Charles Stowe écouta la voix de la sagesse et retourna à Shanghai. Après vingt jours de navigation sur le fleuve Vert, il parvint enfin à destination.

Dès son arrivée, il retrouva Pearle dans un café de la ville. L'Irlandais s'apprêtait à vendre trente caisses de thé à un marchand anglais nommé Thomas Harrison. Harrison avait déjà ruiné la moitié des autres négociants de Shanghai. L'homme lui annonça de prime abord qu'il ne le payerait qu'à la prochaine transaction. Pearle refusa. Après une heure de palabres, ils finirent par s'entendre sur un délai de livraison et un prix décent, mais toutefois bien inférieur à celui du marché.

Une fois ses affaires terminées et le marchand reparti, Pearle se tourna vers son compagnon.

— Eh bien, j'ai cru que je ne m'en débarrasserais jamais.

— Tu t'en es bien tiré, dit Stowe.

— Tu parles ! Harrison est un bandit de la pire espèce. Il ne me payera pas en argent. Il me l'échangera contre une autre marchandise.

— Alors, pourquoi le lui avoir vendu ?

— Disons que je n'avais pas vraiment le choix.

Pearle prit quelques feuilles de thé au creux de sa main et les fit sentir à son associé.

— Alors, trouves-tu le parfum du thé de Hwuy-Chow à ton goût ?

Charles Stowe préférait, cette fois, lui parler d'autre chose que du thé. Evoquer, par exemple, une certaine fleur de pavot blanc sur une épaule de femme...

— ... J'ai appris que cette femme s'appelait Loan. Et qu'elle portait un tatouage sur l'épaule.

Pearle releva la tête.

— Tu es allé la voir ?

— Oui.

L'Anglais regarda longuement Pearle, puis il lui dit :

— Nous sommes associés, maintenant.

— En quelque sorte. Tu travailles pour moi et je te verse un pourcentage. Tu n'as pas besoin d'en savoir davantage.

— Non, c'est plus que cela. N'oublie pas que nous avons conclu un pacte. Un pacte de sang !

Stowe laissa agir le poids de ses paroles sur la conscience de Pearle.

— Très bien ! Que veux-tu ?

— Savoir certaines choses.

— Je t'écoute, dit l'Irlandais en se servant un verre de whisky.

Charles Stowe prit son souffle et dit :

— Je veux savoir qui est cette femme et quel rapport elle a avec ton commerce et celui de Wang. Je veux savoir qui est ce Lu Chen que tout le monde semble craindre et qui demeure inaccessible. Enfin, je veux savoir qui tu es vraiment, l'Irlandais, et comment tu payes tout ce thé.

Charles Stowe ne souriait plus. Il tenait la main crispée sur son verre de whisky. Son corps était raide et sa voix d'une étonnante froideur. Pearle le regarda droit dans les yeux. Puis il lui dit :

— En quelque sorte, tu désires savoir quel est le goût des ennuis.

Ce soir-là, dans ce café sordide, tout en buvant du whisky et en fumant des cigares, Pearle lui raconta sa vie.

Il n'avait jamais rencontré Lu Chen et il travaillait uniquement avec Wang. Il connaissait peu Loan et ignorait tout de ce tatouage. Il dit également qu'il ne savait rien de ceux qui travaillaient pour Lu Chen. Qu'il ne connaissait pas le trafic qui se tramait entre Wang et Lu Chen et que, de toute manière, il n'y participerait jamais. Il dit encore qu'il préférerait mourir devant lui, maintenant, plutôt que de perdre son amitié.

Il lui dit enfin que tous les Irlandais avaient bon cœur mais qu'ils mentaient comme des arracheurs de dents, et que seule l'ivresse avait la vertu de les libérer du mensonge et leur donnait la volonté d'avouer ce qu'ils avaient réellement sur la conscience.

Charles Stowe commanda une deuxième bouteille de whisky. Il n'était pas encore minuit et rien ne pressait. Il avait de la patience et attendrait jusqu'à l'aube s'il le fallait, mais il saurait. Il remplit le verre de l'Irlandais et le regarda s'enivrer.

Lorsque la deuxième bouteille fut entièrement vide, que Pearle montra enfin des signes d'ivresse, il s'approcha de son visage et lui souffla :

– Cette fois, tu vas me la dire, la vérité.

Alors Pearle lui confia qu'il avait connu Loan trois ans plus tôt et que c'était grâce à elle qu'il avait rencontré Wang sans qui son commerce de thé n'aurait jamais pu être aussi florissant. Il lui dit aussi que ce thé si précieux et si recherché transitait par la manufacture de Wang, mais qu'il l'achetait directement à Lu Chen contre de l'opium. Il lui révéla également que, par l'intermédiaire de Harrison, il pouvait se procurer tout l'opium qu'il désirait, et qu'enfin les autorités britanniques étaient complices dans ce commerce.

— Alors pourquoi faire tant de mystère autour de cet échange de thé et d'opium ? demanda Charles Stowe.

– Le gouvernement chinois a interdit d'acheter ou de vendre de l'opium. Celui qui en fait commerce est passible de la peine de mort.

– C'est donc pour cela que tu avais besoin de moi ? Pour prendre les risques à ta place ?

– Je te paye un bon prix pour me rapporter ce thé. Quant à l'opium, cela ne te concerne pas. Ce n'est pas toi qui livres les cargaisons à Lu Chen. Tu ne prends strictement aucun risque. Alors de quoi as-tu à te plaindre ?

Pearle eut envie de parler du contrat du sang qui les liait, mais ce ne fut pas nécessaire. Charles Stowe savait très bien qu'après tous ces aveux, il n'y avait plus de fuite possible.

– Justement, quand dois-tu livrer Lu Chen ?

– Chaque mois, un bateau part pour les sources du fleuve Vert. Pourquoi ? Tu veux faire partie du voyage ?

– Pourquoi pas ?

Pearle se mit à rire.

– Convoyer une marchandise interdite sur un fleuve dangereux et risquer sa vie pour aller rencontrer un homme qui te tuera dès qu'il te verra. Tu es incorrigible.

— Je le tuerai avant.

— Même les autorités chinoises n'ont jamais réussi à le surprendre. Combien d'hommes sont revenus de là-bas le corps d'un côté et la tête de l'autre ? Tu veux perdre la tienne ?

— Je l'ai déjà perdue. Je veux cette femme.

L'Anglais se leva de sa chaise et s'apprêta à quitter le café. Pourtant, quelque chose le retint au dernier moment. Il agrippa de ses doigts le dossier de la chaise et fixa l'Irlandais comme s'il tentait désespérément d'en sonder l'âme.

— Une dernière question. Quel est son nom ?

— A qui ?

— A Loan. Wang m'a dit qu'elle avait un autre nom.

Pearle fronça les sourcils.

— Je l'ai oublié.

Charles Stowe jugea préférable de ne pas insister.

— Si la mémoire te revient, fais-moi signe.

Il salua Pearle et quitta le café. Au moment où il allait passer la porte et s'enfoncer dans la nuit de Shanghai, il entendit la voix de l'Irlandais dans son dos, une voix rendue gutturale par l'abus d'alcool et de tabac, mais qui avait gardé toutefois un parfum de vérité.

— Je crois qu'elle s'appelait Opium !

II

L'hiver suivant, Charles Stowe retourna seul à Hwuy-Chow.

Lorsqu'il accosta, la première chose qu'il entendit, ce fut de la musique. Il descendit à terre et vit un dragon multicolore déambuler sur le quai. Wang était là, lui aussi, et sa tunique verte flottait dans le vent.

— Je vous attendais, monsieur Stowe.

Voyant le regard surpris de l'Anglais, le Chinois expliqua :

— Il s'agit du nouvel an chinois. Voilà pourquoi ce dragon traverse la ville.

Puis, sans attendre de réponse, il prit la route qui menait à sa demeure.

Un peu plus tard, sur la terrasse en fleurs, Wang annonça :

— Je ne pourrai pas vous accompagner à la manufacture, cette fois. A cause des festivités.

— Je comprends.

— Vous vous débrouillerez très bien tout seul.

Le ton était froid et sans appel.

— Vous avez sans doute raison.

C'était d'ailleurs ce qu'il envisageait, avec la plus totale sérénité : voyager et travailler seul.

— Je mets mes hommes à votre disposition, dit Wang. Choisissez tout le thé que vous désirez. Et bon retour à Shanghai.

Charles Stowe remercia puis alla prendre un peu de repos.

Au loin, il perçut les bruits de la fête et songea qu'il n'y participerait pas.

Le lendemain, il prit la route de la manufacture. Il travaillait avec passion et silence, choisissant les feuilles d'après leurs senteurs, comme un nez sélectionne les fragrances qui formeront un parfum. C'était comme composer un bouquet de fleurs odorantes pour la femme qu'on attend depuis des années. Quelque chose de magique, de sensuel et de troublant.

Lorsqu'il revint à Hwuy-Chow, il possédait suffisamment de thé vert et noir pour satisfaire les commandes de Pearle jusqu'à la saison prochaine.

Il choisit de faire un détour par l'artère principale. Il retrouva sans peine la grande maison aux volets verts où il avait rencontré Loan pour la première fois. Elle était fermée. Il frappa à la porte. A plusieurs reprises. Personne ne vint lui ouvrir. D'ailleurs, en s'éloignant de la demeure, il eut l'étrange impression que jamais personne n'avait habité à cet endroit.

Charles Stowe retourna chez Wang qui lui offrit une tasse de thé vert et lui dit :

— Etes-vous satisfait ?

— Oui. Mais il me faut du thé blanc. Et Loan n'habite plus à la même adresse.

Aussitôt le visage de Wang se ferma :

— Je crois qu'elle est retournée voir Lu Chen. Et le thé blanc ne s'achète pas.

— L'opium aussi est interdit. Et pourtant il me semble que vous parvenez à vous en procurer facilement.

Wang prit l'air le moins affecté possible, mais il était visible que la flèche avait atteint sa cible.

– Où voulez-vous en venir, monsieur Stowe ?

– A la vérité.

Puis il ajouta :

– Je sais tout, désormais. Et dans quelques semaines, c'est moi qui apporterai l'opium à Lu Chen.

Il dit encore :

– Vous n'avez rien fait pour elle. Vous n'avez rien fait pour Opium...

Le Chinois eut un petit rire qui ne laissa pas de l'inquiéter. Il le fixa de ses yeux noirs avant de lui dire d'un ton dédaigneux :

– Je crois bien que je ne peux plus rien pour vous. Si vous décidez de rencontrer Lu Chen, vous êtes perdu à jamais.

Un long silence. Puis Wang conclut :

– Désormais, vous ne bénéficierez plus de ma protection dans cette ville. Le plus sage serait que vous retourniez à Shanghai et que vous ne remettiez plus jamais les pieds ici. Adieu, monsieur Stowe.

Charles Stowe retourna au port de Hwuy-Chow où les hommes de Wang terminaient de charger la cargaison de thé destinée à Pearle. Comme le bateau ne repartirait pas avant le soir, il en profita pour se promener en ville. Il erra longtemps dans les ruelles du quartier commerçant. Et tous les parfums de thé qui parvenaient à ses narines lui troublaient les sens.

– Où puis-je acheter du thé blanc ? demanda-t-il à un riche marchand qui était précédé de trois hommes portant des caisses de bois peintes.

L'homme, quand il vit qu'il avait affaire à un étranger, prit la fuite. Un peu plus tard, il passa devant la boutique d'un commerçant. Il entra. Là, on refusa de lui vendre du thé vert, qui était pourtant devant ses yeux, malgré une longue discussion et l'appui, toutefois caduc, de son amitié avec Wang. Avant de partir, il demanda au commerçant, sans s'attendre à une réponse positive :

— Où puis-je me procurer du thé blanc ?

L'homme hésita, considéra l'Anglais comme s'il le jaugeait.

— Là où demeure Lu Chen.

— Où se trouve Lu Chen ?

— On dit qu'il vit aux sources du fleuve Vert.

— Et où se trouvent-elles exactement, ces sources ?

— Au-delà de ces montagnes.

L'homme lui expliqua qu'il fallait remonter le fleuve Vert en jonque jusqu'au mince filet d'eau sortant d'une roche sacrée où naissait ce fleuve majestueux.

— On dit que Lu Chen vit près de cette source, en plein cœur du pays du thé, un endroit coupé du reste du monde. Mais, à ma connaissance, bien que beaucoup prétendent le contraire, personne n'a jamais vu Lu Chen.

– Pourquoi ?

– Peut-être parce qu'il se cache si bien qu'il en devient invisible.

Charles Stowe, depuis des semaines, ne songeait plus qu'à Loan et à Lu Chen. Ce que venait de lui dire ce commerçant avait encore aiguisé sa curiosité.

– Et quelle serait la raison d'une telle retraite ?

L'homme, qui avait bien compris où cet étranger voulait en venir, mit fin à la discussion d'un ton ferme :

– Mais bien entendu, cela ne vous concerne pas. Seuls les Chinois sont autorisés à pénétrer dans cette région.

Lorsqu'il revint à Shanghai, Charles Stowe annonça à Pearle :

– C'est décidé. C'est moi qui convoierai la prochaine livraison d'opium jusqu'à Lu Chen.

– A ta guise. Mais si tu ne reviens pas ?

– Alors, il te sera facile de m'oublier.

Et il quitta l'Irlandais.

Il revendit une partie du thé vert qui lui revenait à un Français qui repartait pour Paris. Il s'appelait Masson et faisait commerce de marchandises venues d'Orient. Il possédait une boutique élégante proche de la place de la Madeleine où il tentait d'offrir à ses clients fortunés les produits les plus exotiques et les plus originaux des cinq continents. Lorsqu'il découvrit la marchandise de Stowe, le Français la paya une véritable fortune, certain, cependant, de la revendre plus cher encore.

— Et il vient d'où, ce thé vert ? lui demanda Masson.

Charles Stowe le regarda bien dans les yeux et lui répondit :

— D'un endroit sacré.

Trois semaines plus tard, Charles Stowe s'apprêta à partir pour son ultime voyage au pays du thé. Aux sources du fleuve Vert. Au cœur du royaume de Lu Chen. Là où aucun étranger n'était jamais parvenu.

— Et qu'est-ce que vous allez faire, là-bas, au cœur de la Chine ? lui demandait-on dans la société britannique de Shanghai.

Stowe répondait avec un air détaché et une feinte ironie :

— Simplement convoyer de l'opium !

L'opium permet de goûter à des plaisirs sensuels intenses et bien souvent interdits. Comme tout ce qui est sous le coup d'une interdiction, l'opium était devenu en Chine une denrée rare et précieuse.

En 1816, le gouvernement britannique mandata son ambassadeur, Lord Amherst, à Pékin afin de nouer des relations commerciales avec la Chine. Devant le refus de l'empire du Milieu, l'Angleterre trouva la parade : l'opium. Cultivé sous tutelle britannique dans la région du Bengale, en Inde, il devint très vite la principale contrepartie au commerce de thé. Malgré l'édit impérial qui l'interdisait, la drogue se répandit dans toute la Chine.

En 1839, l'importation de l'opium était si énorme que l'empire du Milieu décida de rompre toute relation avec l'Angleterre.

L'empereur mandata un homme, le commissaire Lin, pour détruire les cargaisons d'opium en provenance de l'Inde. Lin fit mieux : il arraisonna tous les navires britanniques. On en vint très vite au conflit armé.

En cette année 1839, la ville de Canton essuya son premier bombardement par la flotte anglaise. Ainsi commença entre l'Angleterre et la Chine ce qu'on appela la première guerre de l'opium.

En vérité, Charles Stowe n'avait rien manqué de cela. Et il savait aussi que s'il se faisait prendre il serait condamné à mort. Il n'avait aucune envie de mourir. Mais l'idée de revoir Loan lui faisait oublier toute notion de danger.

Charles Stowe quitta Shanghai un matin de printemps 1840, à bord d'une jonque chargée d'opium. Il voyagea ainsi pendant de longs jours sur le fleuve Vert, se rapprochant peu à peu des sources interdites.

En dépassant Hwuy-Chow, l'Anglais réalisa que, cette fois, il irait jusqu'au bout du voyage.

— Maintenant, il nous faudra observer la plus grande discrétion, dit le batelier. Jamais aucun étranger n'a pénétré ce territoire, hormis quelques missionnaires dont certains ne sont jamais revenus. Mais je peux encore vous débarquer ici.

Charles Stowe se tourna vers lui et le toisa :

— Impossible.

— Pourquoi cela ?

L'Anglais se tourna vers le batelier et attendit un long moment avant de répondre :

— Il me faut trouver la voie du thé.

Après Hwuy-Chow il n'y eut plus
que de petits villages au milieu des
rizières où ils accostaient parfois pour
se ravitailler. La nuit, ils mouillaient
dans des lieux isolés de toute habita-
tion, et ils repartaient bien souvent
avant l'aube pour se préserver des visi-
tes intempestives des paysans, des mar-
chands, des pillards et des militaires.

Un jour, ils s'arrêtèrent près d'un
monastère où il y avait, selon le batelier, un des plus beaux jardins de thé
blanc de toute la Chine.

Les deux hommes se présentèrent
devant l'édifice, épuisés mais heureux.
Ils frappèrent à la porte. Un moine
vint leur ouvrir. Le batelier se mit à

lui parler dans une langue que Stowe ne connaissait pas, puis le moine eut un sourire, s'effaça, et les laissa entrer. Et ce que l'Anglais vit alors fut un spectacle proche du ravissement. Devant ses yeux, il y avait un tapis de fleurs blanches qui semblait l'attendre de toute éternité.

Charles Stowe proposa au moine de lui acheter cent arbustes. Le religieux accepta, à condition d'être payé en or. L'Anglais le regarda, interloqué.

— Impossible, je ne possède que de l'opium.

Cette fois, ce fut au moine de paraître surpris.

— Le thé blanc s'achète avec de l'or.

— Peut-être. Mais je n'en ai pas.

— Alors, je suis désolé.

Après de longues discussions, le moine accepta cependant de lui céder un plant de thé blanc contre quelques dizaines de lei.

— Comme cela, dit Stowe, prenant dans sa main le précieux arbuste, si je reviens vivant de cette aventure, ceci en sera la preuve.

Le lendemain, la jonque approcha des sources secrètes. A l'horizon se profilaient les premiers sommets des montagnes du pays du thé.

Ils s'arrêtèrent quelques heures dans un village.

– Ici nous pourrons nous procurer des vivres sans éveiller l'attention, dit le batelier. Il n'y a pas de pillards. Et encore moins de militaires.

Avant de partir, ils se désaltérèrent dans l'unique auberge, tâchant de rester le plus discrets possible. Quand on les interrogeait, seul le batelier parlait, Charles Stowe se contentant de sourire et d'incliner la tête en signe de respect.

Sur la place du village, à quelques pas d'eux, ils aperçurent des criminels exposés à la vindicte publique. Certains d'entre eux avaient la lèvre inférieure coupée.

— Qu'ont fait ces hommes pour mériter un tel châtiment ? demanda Charles Stowe.

— Ce sont des fumeurs d'opium, expliqua le batelier. On leur coupe la lèvre pour les empêcher de recommencer à s'adonner à leur vice favori.

Ils naviguèrent pendant trois jours encore, avec une infinie lenteur, car le fleuve était devenu si étroit et si peu profond qu'on risquait sans cesse de buter sur les hauts-fonds et de s'échouer dans la vase. Parfois, il y avait si peu d'eau qu'il fallait descendre à terre et tirer la jonque avec une longue corde. Les hommes d'équipage étaient épuisés et trempés de pluie. Le soir, ils se séchaient autour d'un feu pour ne pas mourir de froid. En se réchauffant, leur peau exhalait un parfum de mousse et de baies sauvages.

Le batelier demanda alors à Charles Stowe :

— Je ne comprends pas pourquoi vous endurez de telles conditions et prenez de tels risques. Pourquoi désirez-vous tant aller là-bas ? Pour quelques plants de thé blanc ?

L'Anglais ne pouvait lui révéler son dessein, lui expliquer qu'avec seulement quelques dizaines de plants, l'Angleterre pourrait bientôt se passer de la Chine. Ni qu'il désirait retrouver une femme aux yeux verts.

— Oui. Pour le thé blanc. Et puis si tous les hommes se mettaient à chercher une explication à la folie de leurs actes, il y a longtemps qu'il n'y aurait plus d'aventuriers.

Ils parvinrent enfin au bout du voyage. Un matin, ils arrivèrent dans une vallée fertile, entourée de hautes montagnes couvertes de champs de thé, où le fleuve Vert n'était plus qu'une mince rivière tranquille et silencieuse. La jonque ne pouvait aller plus loin.

— Voilà, dit le batelier, le bout du chemin.

— Ici ? demanda Stowe. Mais je ne vois personne.

— Et pourtant, c'est ici que je livre l'opium. Le campement de Lu Chen est situé tout près, dans cette forêt. Il faut marcher, désormais.

— Où cela ? Je ne vois aucun sentier. Il n'y a que des arbres.

Le batelier sourit.

— Il faut marcher dans la rivière, bien sûr.

Charles Stowe prit le temps d'aller chercher son précieux arbuste à fleurs blanches et descendit seul dans l'eau, qui était limpide et glacée.

— Je vais retrouver Lu Chen.

— Si vous ne revenez pas avant demain soir, je ne pourrai plus rien pour vous, dit le batelier.

L'Anglais lui fit signe de ne pas s'inquiéter. Puis il s'en fut. Il marcha ainsi pendant plus d'une demi-heure. Il lui tardait tant de rencontrer Lu Chen qu'il ne sentait plus le contact de l'eau glacée. Il portait à la ceinture un poignard à lame courbe. Et il lui semblait que cette arme, si insignifiante fût-elle, et son frêle arbuste le protégeaient de tout.

Quand se dressa devant lui le campement, Charles Stowe se dit qu'enfin il allait savoir qui était Lu Chen.

Charles Stowe choisit d'avancer à visage découvert. Il sortit du lit de la rivière et se dirigea vers le campement.

Un homme apparut aussitôt et vint à sa rencontre. C'était un Mongol à l'air aussi avenant qu'un vautour. Il était armé d'un fusil. Il attendit que l'étranger s'approche, le mit en joue et demanda :

— Qui êtes-vous et que venez-vous faire ici ?

Stowe répondit en chinois, avec une pointe d'accent :

— Je viens voir Lu Chen. Je suis venu lui livrer l'opium.

L'homme baissa son fusil, le dévisagea longuement et lui indiqua une tente plus vaste que les autres.

— Voici la tente de Lu Chen.

Stowe le remercia d'un signe de tête, s'approcha et entra. A l'intérieur, allongés sur des nattes, des hommes tatoués fumaient, une longue pipe de bois à la main. Ils avaient le visage émacié et étaient d'une extrême maigreur. Dans leurs yeux, on pouvait lire ce que l'opium leur avait volé d'âme. Et pourtant ils étaient là, tranquilles et calmes, comme si la réalité n'avait pas de prise sur eux.

L'Anglais les regarda longuement, avec le sentiment d'être face à des cadavres.

— Bonsoir monsieur Stowe, dit une voix grave et singulière. Je crois que vous me cherchiez.

Stowe découvrit, au fond de la tente, un rideau de toile derrière lequel se profilait une silhouette. Près d'elle, une lanterne où s'agitait une flamme d'or. C'était étrange, comme de contempler une peinture en mouvement dans un musée imaginaire. Une ombre, une lueur. Le tableau de Lu Chen.

Le maître du thé était là, devant ses yeux. Et il ne pouvait voir son visage.

— Je suis heureux de vous trouver, enfin.

— Moi aussi, monsieur Stowe. Venez donc vous asseoir face à moi.

La voix semblait venir d'outre-tombe, trop grave et trop profonde pour paraître naturelle. Peut-être parce que c'était la voix d'une ombre.

L'Anglais s'avança peu à peu, jusqu'à toucher la toile. Lorsque sa main ne fut plus qu'à quelques centimètres du visage de Lu Chen, deux fumeurs d'opium appliquèrent la lame de leur poignard contre la gorge de l'étranger. La voix de Lu Chen dit :

— Ne touchez pas à cette toile. Si vous tentiez d'apercevoir mon visage, vous ne sortiriez pas d'ici vivant.

Charles Stowe obéit, s'assit en tailleur face à l'ombre et attendit.

— Pourquoi êtes-vous venu jusqu'ici ? Pour me tuer, c'est cela ?

Charles Stowe frémit. Puis il se reprit :

— Je suis venu vous livrer l'opium. Rien de plus.

Lu Chen demeura immobile et silencieux. Puis il lâcha d'une voix ferme :

— Vous mentez !

Stowe tressaillit.

— Je sais que vous êtes venu pour elle. Je sais que vous êtes venu pour

Loan. Et que vous avez projeté de me tuer.

L'Anglais ne sut que répondre. Il était totalement déconcerté devant cet homme. A cet instant, il comprit qu'il ne tuerait jamais Lu Chen et que sa vie allait sans doute s'achever ici.

– C'est vrai. Je désire cette femme. Où se trouve-t-elle ?

Lu Chen laissa échapper un rire de gorge caverneux.

– Elle est ici, mais elle m'appartient.

– Elle ne vous appartient que dans la mesure où vous la traitez en esclave. Si elle le pouvait, elle vous quitterait.

– Vous m'amusez, monsieur Stowe. Vous ne manquez certes pas de courage pour venir me narguer de la sorte. Beaucoup d'autres ont eu la tête tranchée pour moins que cela.

– Si je dois mourir, j'aimerais autant que mes derniers instants soient dignes.

Un long silence.

– Je ne vais pas vous tuer, mais vous proposer un petit jeu. Vous désirez Loan ? Très bien. Je vous la cède...

disons pour un laps de temps bien déterminé.

— Combien de temps ?

— Sept jours et sept nuits. C'est le temps qu'il me faudra pour effectuer un voyage vers le nord et en revenir...

Et, comme une sentence :

— Ensuite, je reviens ici, au camp. Et si vous y êtes encore, je vous tue !

Stowe frémit.

— Pourquoi faites-vous cela ?

Le Chinois éluda :

— Monsieur Stowe, avez-vous déjà goûté à l'opium ?

— Non.

— Il n'est jamais trop tard pour découvrir le goût de certaines choses. Et vous verrez combien il est dur d'en être privé ensuite.

Lu Chen frappa dans ses mains et un homme apporta à l'Anglais une pipe bourrée d'opium. Il la porta à ses lèvres, aspira la première bouffée et ferma les yeux. La voix de Lu Chen parvint une dernière fois de derrière la toile :

— Bon voyage, monsieur Stowe.

Ce fut comme une délivrance après une longue attente. Ce soir-là, Charles Stowe fuma longuement, face à cette ombre, face à cet homme qu'il avait cherché pendant de longues semaines et qu'il ne verrait jamais.

Sous l'emprise de l'opium, il finit par s'endormir, apaisé, et il toucha à un bien-être qu'il n'avait jamais connu.

Le lendemain, Charles Stowe se réveilla vers midi. Il était toujours dans la tente mais Lu Chen et ses hommes n'y étaient plus.

Quand il ouvrit les yeux, il y avait une femme à ses côtés. Une Chinoise. Elle avait les yeux verts et une longue chevelure noire. Et elle fumait de l'opium.

– Qui êtes-vous ? demanda-t-il.

– Vous ne vous souvenez pas de moi ?

Charles Stowe se redressa sur sa couche :

– Opium !

La femme se mit à rire. Elle portait le tatouage d'une fleur de pavot blanc sur l'épaule.

– Je préfère quand vous m'appelez Loan.

Il était heureux de retrouver ce visage et cette fleur de pavot blanc qui l'avaient hanté depuis leur première rencontre. Mais il fallait qu'il sache une chose :

— Lu Chen est bien parti, n'est-ce pas ?

Loan hésita avant de répondre. Elle posa sa main sur son front et fit glisser son doigt le long de sa joue.

— Oui. Il est bien parti livrer l'opium que vous avez apporté. Vous pouvez rester ici sept jours. Pas un de plus, comme il l'a dit. N'oubliez pas que si Lu Chen vous trouvait ici à son retour, il vous tuerait.

Il voulut lui parler mais elle lui fit signe de se taire. Puis elle se coucha à ses côtés et posa ses lèvres sur les siennes.

Pendant sept jours et sept nuits, l'Anglais pourrait fumer de l'opium et faire l'amour à cette femme. L'opium lui procurait un sentiment de liberté totale, de sensualité troublante et lui permit de voyager en rêve dans un paradis illicite. Il avait cette sensation étrange et nouvelle de voir mis à nu ses fantasmes les plus inavouables.

Loan procédait toujours de la même manière. Elle possédait un plateau sur lequel étaient disposés une longue pipe, une lampe à alcool, une grande aiguille et une boîte contenant de la pâte. Elle allumait la lampe, prélevait un peu d'opium, le faisait chauffer au-dessus de la flamme, attendait qu'il prît une belle teinte dorée puis elle l'enfournait dans la pipe et se mettait à fumer. Ensuite, elle tendait la pipe à l'Anglais et le regardait fumer en silence. Le reste du temps, ils partageaient leurs corps.

Au matin du deuxième jour, Charles Stowe sortit un peu de sa torpeur et se prit à songer au batelier. Il s'habilla et se précipita à la rivière. Il marcha jusqu'à l'endroit où il avait laissé son compagnon et découvrit que la jonque était partie sans lui. Il resta un long moment inerte, à réfléchir, puis regagna le campement.

Dans la tente, il retrouva Loan.

Ce jour-là, elle lui tatoua dans le dos, à l'endroit précis où il possédait une petite cicatrice, une fleur d'opium. Une fleur dont il sentit le tracé délicat sur sa peau.

— Que veut dire ce tatouage ?

Il dessina sur le sol la forme qu'il avait pu voir, renversée, dans le reflet de la rivière.

Loan resta muette de surprise. Puis elle finit par avouer, comme à regret :

– Je ne peux pas vous le dire.

– Pourquoi ? Parce que désormais j'appartiens à Lu Chen ?

Elle le regarda en silence, avec une intensité dans les yeux qu'il ne lui connaissait pas. Puis, dans un geste empreint de délicatesse, elle posa sa tête sur son épaule.

C'était aussi léger que de sentir, sur soi, le froissement d'ailes d'un papillon.

— Opium ! Loan !

Étendu sur sa couche, Charles
Stowe ne cessait d'appeler la jeune
femme. En proie au délire, il tenait à
la main la longue pipe d'opium qui
désormais était sa compagne.

Loan s'approchait alors et se lovait
contre lui.

Au-dehors, la nuit tombait lentement sur le campement et la forêt
alentour. La peau de Loan avait le goût
de la pluie, ses cheveux sentaient la
vanille, son sexe avait l'odeur d'un
fruit mûr et sa langue le parfum de
l'opium.

— C'est Lu Chen qui vous a appris
à fumer ?

Loan ne répondit pas. Elle lui lança un regard étrange et lui tendit une pipe.

Stowe se releva de sa couche, s'assit en tailleur et, tout en observant la jeune femme, se mit à fumer avec délectation. Loan posa sa tête contre son épaule et prit sa main dans la sienne. Ses yeux verts le fixaient. Il passa délicatement ses doigts dans ses cheveux et dit :

— Jamais je ne vous quitterai. Jamais.

Il sentit une légère pression de la main de Loan sur sa paume, comme un sursaut d'espoir, puis un relâchement. Il y eut un très long silence.

Loan dit enfin :

— Vous me quitterez. Vous aussi vous finirez par partir.

Le quatrième jour, ils se baignèrent nus dans le courant du fleuve. Puis ils s'allongèrent sur la rive au soleil.

Le lendemain, ils firent une marche dans la forêt. Ils longèrent une falaise et Loan lui fit découvrir un lieu mythique.

— Voilà, c'est ici que naît réellement le fleuve Vert. Dans cette grotte. L'eau issue de la fonte des neiges descend de la montagne par cette cascade et vient alimenter ce bassin naturel que les pluies font grossir encore.

Stowe voulut pénétrer dans l'anfractuosité du rocher mais Loan le lui défendit :

— C'est aussi là que Lu Chen cache

ses cargaisons d'opium. Et il est interdit d'y entrer.

A cet instant deux hommes en
armes sortirent des broussailles et se
dirigèrent vers eux. Lorsqu'ils aperçurent Loan, ils retournèrent sans bruit
dans leur cachette.

— Voici pourquoi les sources restent
si peu abordables, dit l'Anglais.

— Et ces hommes ne sont pas les
seuls gardiens de cette grotte. Il en
existe de bien plus terrifiants !

— Ah oui ? Et qui sont-ils ?

Loan n'eut pas le temps de répondre. A cet instant, une nuée de chauves-
souris s'envola devant eux jusqu'à obs-
curcir le ciel.

Le sixième jour, il se mit à pleuvoir et ils restèrent à l'abri sous la tente.

A la veille du septième jour, plein d'une audace toute nouvelle que l'opium lui procurait, Charles Stowe ne put s'empêcher de dire à Loan :

— Je voudrais parler à Lu Chen.

— Encore cette idée folle ? A quoi cela vous servirait-il de mourir ?

— Je ne désire pas mourir, simplement lui parler. Et le voir.

— Dès que vous apercevrez son visage, vous aurez la tête tranchée.

— Alors si je ne peux ni le voir ni rester ici, vous pouvez peut-être vous enfuir avec moi.

Elle le regarda avec des yeux tristes.

— Non. Lu Chen nous retrouverait, où que nous soyons, et il nous tuerait.

— Alors, il n'y a pas d'issue ?

— Non. Vous devez partir.

Elle caressa longtemps son visage et dit encore :

— Je vous en prie. Ne gâchez pas le peu de temps qu'il nous reste à vivre ensemble.

En ce septième jour, Charles Stowe ne doutait plus que Lu Chen allait arriver et qu'il mettrait sa menace à exécution s'il n'avait pas quitté le campement. Cependant, par défi, l'Anglais rechignait à s'en aller.

Un homme de Lu Chen arriva vers midi. C'était un éclaireur. Quand il vit Stowe, il ne put réprimer une grimace.

– Tu dois partir avant la tombée de la nuit. Après, il sera trop tard pour toi.

Loan renchérit :

– Inutile de risquer votre vie pour la mienne.

Elle l'implora :

— Je vous l'ai déjà dit. Vous ne pouvez pas rester ici. Il nous tuerait tous les deux et nous n'aurions rien à y gagner.

Charles Stowe comprit qu'il devait obéir. Avant de partir, il se tourna une dernière fois vers Loan.

— D'accord, je m'en vais... mais je reviendrai.

— Vous ne reviendrez pas.

— Si, je vous le promets.

Elle savait qu'il parlait le plus sérieusement du monde et elle chuchota :

— Vous êtes fou. Mais je ne peux rien contre la folie.

Avant de la quitter, il l'embrassa. Puis, tout en tenant à la main le petit arbuste à fleurs blanches que le moine lui avait vendu, il sortit de la tente et courut sous le rideau de pluie qui tombait du ciel.

Il marcha longtemps dans le lit de la rivière en faisant le moins de bruit possible. Puis, quand l'eau fut assez haute, il put nager et se déplacer plus rapidement. Il lui semblait que le danger était partout autour de lui et que des hommes l'épiaient sans cesse. Il avait bien plus peur maintenant que lorsque le batelier l'avait conduit en ce lieu perdu.

Il était seul, Loan n'était plus à ses côtés, et il n'avait plus de raison d'espérer.

Il dériva dans les eaux jusqu'à la tombée de la nuit. Et ce fut comme s'il entrait dans le monde des ténèbres.

Le lendemain, il se réveilla, étendu sur la berge. Le fleuve l'avait porté de son lit au lit de la terre. Il se leva, décida de partir sans tarder, retourna dans le fleuve et se mit à nager. Un peu plus loin, il croisa un premier village de pêcheurs. Il vola une jonque et comprit qu'il était sauvé.

Pendant plusieurs jours, il navigua dans une solitude absolue. Il ne s'arrêtait que la nuit pour dormir. Il s'allongeait au fond du bateau et regardait les étoiles que le pâle halo de lune illuminait dans le ciel de Chine.

Quelques jours plus tard, Charles
Stowe arriva dans les faubourgs de
Hwuy-Chow. Pour se désaltérer, il
voulut cueillir une mangue sur une
branche qui pendait au-dessus des
eaux. Depuis son départ, il se nourrissait uniquement de ce que la végé-
tation du fleuve lui offrait. Il dirigea
la jonque vers la branche et s'apprêta à saisir le fruit au vol. Lorsqu'il
prit la mangue dans sa main, il ne
sentit pas la morsure du serpent à
l'extrémité de son petit doigt. Ce
n'est que lorsqu'il entendit le sif-
flement du reptile qu'il comprit ce
qui s'était passé. Il poussa un cri. Un
seul.

Il vit encore un éclair de lueur verte glisser de la branche et tomber dans le fleuve, puis il s'évanouit.

III

Lorsqu'il s'éveilla, il était hors de danger. Allongé sur un lit de camp, il se trouvait dans la cabine d'un bateau naviguant sur le fleuve Vert.

— Eh bien, dit le commandant Mac Arthur, vous nous avez fait une belle peur. J'ai cru que vous ne vous réveilleriez jamais.

— Où suis-je ?

— En sécurité à bord d'un bâtiment britannique en route pour Shanghai.

— Que s'est-il passé ?

— Des paysans vous ont trouvé il y a deux jours à bord d'une jonque dérivant sur le fleuve. Vous aviez été mordu par un serpent. Ils vous ont soigné, puis vous ont conduit à l'hôpital militaire de Hwuy-Chow. C'est là qu'on a fini par vous retrouver.

Charles Stowe leva la tête vers le commandant et retomba sur sa couche.

– Tenez, je dois vous restituer ceci. Vous le portiez sur vous comme un talisman. Personne n'a osé vous le voler.

Il lui tendit le plant de thé blanc. Tout ce qu'il lui restait de cet étrange voyage au pays du thé et de l'opium. Charles Stowe le prit tout en se demandant si cet unique plant justifiait tout ce qu'il avait enduré jusquelà, puis, la fatigue aidant, il n'y pensa plus.

– Rendormez-vous, dit Mac Arthur. Bientôt, nous serons de retour à Shanghai et vous oublierez toutes vos mésaventures.

– Je ne veux rien oublier.

Le commandant se leva.

– Vous ne le savez peut-être pas, mais entre la Chine et l'Angleterre, la guerre continue. C'est la raison de notre présence sur ce fleuve. Vous êtes à bord d'un bâtiment de guerre.

Mac Arthur allait quitter la cabine quand l'Anglais eut encore la force de murmurer :

— Mais, pour moi, elle est terminée.

Dès son arrivée à Shanghai, Charles Stowe fut pris d'un fort accès de fièvre. Lorsqu'il défit sa chemise devant le médecin qui avait été appelé, l'homme, surpris par son tatouage, lui demanda :

— Quel est ce signe étrange ?

Charles Stowe, sans même le regarder, répondit :

— C'est une fleur d'opium qu'une femme chinoise m'a tatouée.

— A Shanghai ?

— Non. Aux sources du fleuve Vert.

Le médecin se mit à rire.

— Rien que cela ? Mais quel genre d'aventurier êtes-vous donc ?

— J'ai été l'un des premiers explorateurs à aller jusqu'au bout de la route

du thé, et sans doute le dernier trafi-
quant d'opium.

Le médecin lui jeta un regard
suspicieux, mais rempli de curiosité.
Puis, tout en l'auscultant, il demanda
encore :

– Que veut dire ce tatouage ?

– Que j'appartiens à quelqu'un.
Quelqu'un dont je ne connais pas le
visage.

Puis, au bout d'un instant :

– Quelqu'un qui a le visage de
l'opium.

Quelques jours plus tard, Charles Stowe se rendit chez Pearle. L'Irlandais s'apprêtait à quitter la Chine. Maintenant que la guerre entre l'Angleterre et le vieil empire du Milieu faisait rage, il n'était plus de commerce possible. Le pays devenait chaque jour plus dangereux pour les ressortissants britanniques.

Charles Stowe lui dit :

— J'ai convoyé l'opium jusqu'à Lu Chen. Mais je n'ai jamais vu son visage.

— Je sais.

L'Irlandais souriait étrangement, comme s'il était heureux de cet échec.

— Je ne peux peut-être rien contre

Lu Chen, mais cette femme m'a aimé. Et je compte retourner la chercher. Un jour.

Pearle le regarda comme s'il le voyait pour la première fois. Avec un étonnement doublé d'un grand mépris.

– Imbécile ! Tu n'as donc rien compris ?

– Quoi ?

– Loan n'a jamais aimé personne. Elle s'est simplement servie de toi.

– Comment ça ?

– Le chargement d'opium, c'est à elle qu'il était destiné.

Pearle ne pouvait en rester là :

– Lu Chen, c'est elle.

Le sang de Stowe se glaça dans ses veines.

– C'est pour cela qu'on l'appelle Opium.

– Mais pourquoi toute cette mascarade ?

– Pour la crainte qu'inspire Lu Chen. Et surtout pour continuer le trafic de thé et d'opium sans danger. Hormis Wang et moi, personne n'a jamais rien su. Personne n'a jamais réussi à mettre la main sur Lu Chen pour la bonne et simple raison qu'il n'existe pas !

Charles Stowe sentit son cœur se fendre. Il l'avait tenue dans ses bras, cette femme qui lui avait fait croire à l'amour. Et il n'avait rien deviné.

— Mon pauvre Charles, comment as-tu pu être aussi naïf ?

Pearle tira sur son cigare et versa deux verres de whisky. Puis il dit en bâillant :

— Je vais me coucher. Demain, j'embarque pour Dublin de bonne heure. Toute cette histoire est désormais terminée. Adieu.

Il se leva et dit encore :

— Tu ferais mieux de rentrer à Londres. Et de ne plus penser à elle.

Puis il quitta la terrasse.

Charles Stowe resta longtemps assis, sirotant son whisky à petites gorgées, tandis que devant lui s'éteignait le soleil.

Il pensa que le bonheur était aussi impalpable qu'une bouffée d'opium, aussi éphémère qu'une gorgée de thé. Il avait cru à l'amour de Loan. On ne pouvait cependant pas échapper à son destin et le sien ne lui avait octroyé que sept jours et sept nuits avec cette femme.

Il lui avait promis de revenir. Il ne reviendrait pas.

Sans se l'avouer, Charles Stowe savait très bien que les plus belles promesses, même si elles finissent par devenir poussières de souvenir, ne passent jamais le sablier du temps.

Une semaine plus tard, Charles Stowe reçut la visite d'un Anglais du nom de Robert Fortune. Fortune se présenta à lui comme un botaniste désireux de percer les secrets du thé chinois. Il avait entendu parler de Stowe et il désirait faire sa connaissance.

Charles Stowe le reçut allongé sur son lit car la fièvre l'empêchait encore de se tenir debout sans être sujet à des vertiges. Le trouble dans lequel les révélations de Pearle au sujet de Loan l'avaient jeté ne lui laissait aucun répit.

— Vous avez réellement remonté aux sources du fleuve Vert ? lui demanda Fortune.

– Oui. Pourquoi ? Cela fait-il également partie de vos projets ?

– Peut-être. Tout dépend de ce que vous allez me dire.

– Que voulez-vous savoir ?

Fortune tenait son chapeau à la main, fébrile, subjugué par cet homme qui avait réalisé une partie de ses rêves.

– Qu'avez-vous rapporté de là-bas, monsieur Stowe ?

– Des souvenirs.

Charles Stowe désigna le petit plant de thé blanc que le moine lui avait vendu.

– J'ai aussi rapporté ceci.

Fortune contempla amoureusement le plant de thé sacré et son œil s'illumina.

– Une merveille. Je vous l'achète. Combien en voulez-vous ?

Charles Stowe allait lui annoncer que le plant de thé blanc n'était pas à vendre lorsque l'homme lui proposa un prix faramineux :

– Je vous en offre dix mille lei.

– Il n'en est pas question.

– Soyez raisonnable. Je ne peux vous faire d'offre supérieure.

— Ce n'est pas une question d'argent, monsieur Fortune. Restons-en là. Si vous désirez vous approprier des plants de thé, vous n'avez qu'à aller les chercher vous-même !

Neuf ans plus tard, Robert Fortune était le premier Britannique à rapporter de l'intérieur de la Chine, outre des plants de théiers, quatre-vingt-cinq spécialistes chinois. Il les emmena avec lui jusqu'en Inde où ils devaient être à l'origine de la révolution du thé et de la fin du monopole de l'empire du Milieu sur ce commerce si florissant.

En 1852 paraissait à Londres un ouvrage précieux, révélant les secrets des thés de Chine. Il avait pour nom *La Route du thé et des fleurs*.

Il était signé Robert Fortune.

Après une longue convalescence, Charles Stowe décida de rentrer à Londres et d'y passer le reste de son existence. La guerre de l'opium faisait toujours rage. Il était temps de fuir. Il ne reviendrait plus en Chine. Il ne reverrait plus Loan.

Stowe quitta Shanghai un matin de printemps. Il voyagea sur un bateau qui ne transportait ni thé ni épices, mais des armes et du matériel de guerre.

A Colombo, la fièvre le reprit. Pour calmer ses souffrances, on le transporta au sanatorium où on dut lui administrer plusieurs doses de morphine.

Ce fut la dernière fois qu'il goûta à l'opium.

A Londres, Charles Stowe retrouva son père et prit sa succession dans le commerce qu'il tenait près de Mincing Lane.

Il travailla, comme à son habitude, du lever jusqu'au coucher du soleil. Et il ne but jamais autre chose que du thé.

Il avait trente-trois ans. Et sa vie était derrière lui.

Parfois, la nostalgie le gagnait et c'était comme une langue d'écume à l'assaut du rocher de sa mémoire. Il se retournait sur son passé et songeait alors à Loan et aux sept nuits d'amour passées en sa compagnie. Il ne voyait qu'une longue route verte et un sillage de parfums, de caresses, de fumée et de pluie. Enfin, il revenait au présent et c'était étrange, mais petit à petit ses blessures s'atténuèrent, puis guérirent.

Il n'en voulait pas à cette femme. Avec le temps, il apprenait à l'aimer et à la trouver plus admirable encore. Une sorte de certitude s'imprégnait en lui et lui apportait la sérénité. Il était sûr que son amour grandirait chaque jour jusqu'à sa mort. Leur liaison avait été si brève que la flamme ne s'en était jamais consumée. Loan lui avait offert ce qu'il y a de plus beau : la magie des premiers instants.

D'ailleurs, Charles Stowe n'avait rien à regretter. Son long voyage sur un fleuve interdit l'avait conduit de la douceur verte du thé à la noirceur de l'opium. Et lui avait fait comprendre que la vie est un opium dont on ne se lasse jamais.

Maxence Fermine
dans Le Livre de Poche

L'Apiculteur   n° 15256

« Je recherche l'or du temps », écrivit le poète André Bre-
ton. Cette maxime aurait pu être celle d'Aurélien, héros
de ce roman d'aventures initiatique. Depuis qu'une abeille
a déposé sur sa ligne de vie une fine trace de pollen doré,
ce jeune Provençal de la fin du XIXᵉ siècle ne rêve plus que
de l'or – un or symbolique, poétique, qui représente bien
plus que le métal précieux. Son rêve le décidera à se détour-
ner des champs de lavande familiaux pour installer des
ruches et fabriquer le miel le plus suave. Puis, après
l'anéantissement de son travail par un violent orage, à
partir pour l'Abyssinie, où l'attend une femme à la peau
d'or, qu'il a vue en rêve... On croise Van Gogh et Rimbaud
dans ces pages lumineuses, où le songe doré d'Aurélien lui
vaudra de connaître bien des aléas, avant qu'il ne découvre
l'or véritable de sa vie.

Du même auteur :

Aux Éditions Albin Michel :

L'Apiculteur, 2000, prix del Duca 2001, prix Murat 2001.

Sagesses et malices de Confucius, le roi sans royaume, 2001.

Aux Éditions Arléa :

Neige, 1999.

Le Violon noir, 1999.

Composition réalisée par IGS-CP

Imprimé en France sur Presse Offset par

BRODARD & TAUPIN

GROUPE CPI

La Flèche (Sarthe).
N° d'imprimeur : 26915 – Dépôt légal Éditeur : 53721-12/2004
Édition 03
LIBRAIRIE GÉNÉRALE FRANÇAISE – 31, rue de Fleurus – 75278 Paris cedex 06.

ISBN : 2 - 253 - 10812 - X   31/0812/3